Charlotte Camp

FENSTER
INS
JENSEITS

Psycho - Thriller

Zum Buch

Vergangenheit, Gegenwart und Zukunft hatten sich vermischt, alle Zeiten waren zugleich.
Sommer und Winter wechselten in rasender Folge.
Tag und Nacht verbanden sich flackernd wie Blitze.
Die Eiszeit schoss in falsche Jahrhunderte.
Die Welt hatte ihre Flügel verloren.
Mit dem Öffnen einer verschlossenen Felsspalte, hatten sie unwissend ein verheerendes Inferno losgetreten.
Der Wahnsinn begann...

Zur Autorin:

Nach einem turbulenten Leben,

in selbst gewählter Ruhe und Abgeschiedenheit,

in einem kleinen Harzdörfchen,

widmet sie sich nun ausschließlich ihrem Hobby,

dem Schreiben utopischer Abenteuer Romane.

Bisher erschienene Bücher:

Tor zur Ewigkeit	Band 1
Sternenstaub	Band 2
Am Rande der Zeit	Band 3
Tödliches Verlangen	Band 4
Zwischen den Welten	Band 5
Der Gesichtslose	Band 6
Hinter dem Regenbogen	Band 7
Schwarze Sonne	Band 8
Die weiße Sklavin	Band 9
Satans Erben	Band 10
Satans Rache	Band 11
Herrin der Welt	Band 12
Die verschwundene Zeit	Band 13
Fenster ins Jenseits	Band 14

alle unter: http://www.meine-buch-ideen.de

Inhalt:

Versunken

in

der

Tiefe

der

Zeit

Kapitel 1: Versunken in der Tiefe der Zeit

Irgendwann lichtete sich der Wald und wir traten in eine endlose Steppe. Der Wind pfiff uns ins Gesicht, ließ unsere Gewänder flattern.

Endlich gewahrten wir in der Ferne, die Silhouette der Berge, in deren Schatten wir so viele Jahre gelebt hatten. Doch uns war längst klar, dass es unser Häuschen am Berge noch lange nicht geben würde. Dennoch trieb uns eine unstillbare Sehnsucht, den letzten Schritt zu gehen.

Angezogen von einem unsinnigen Drang nach der Heimat – unser Leben wiederzufinden, stießen wir nach Tagen auf wohlbekanntes Gebiet.

Oh ja, wir kannten es sehr gut, verbrachten wir hier doch im gleichen Tal, viele Leben in ferner Zukunft, eingebettet am Fuße des verstümmelten Berges, des Berges, der keinen Schatten mehr warf.

Doch der Ort war verlassen und verödet.

Kein menschliches Wesen erwartete uns.

Alles war, als wäre es erst gestern geschehen.

Hier war die Zeit stehen geblieben, hier existiert keine Zeit, außer den wechselnden Jahreszeiten, die hoch oben vom Wettergott gesteuert wurden, oder nicht?

„So würde hoffentlich wenigstens der Tag in die Nacht und die Nacht in den Tag übergehen."

„Aber wie kann die Zeit stehen bleiben!"

Doch nicht der Lauf der Zeit hatte sich geirrt, kein . Versehen des Zeitgeschehens, des ewigen Zeitenflusses war es.

Nichts dergleichen war geschehen, Justin war es, er hatte all das künstlich herbeigeführt.

Durch seine irre Schandtat, hat er den normalen Lauf der Zeit und somit das Gleichgewicht zerstört, die halbe Welt verdreht und durcheinandergebracht.

„Verflucht sei er!", grollte Günter, „die Zeit kann nicht weiterfließen".

„Der Berg ist es, der zerstörte Zeitkanal, der die Zeit zum Stocken und so für ewig, auf dem gleichen Stand zu bleiben, verdammt hat".

Unseren Freund Robby, den Zeitenlenker, der uns stets in die gewünschte Zeit gebeamt hatte, gab es nicht mehr.

Wir waren verloren, für immer versunken, in der Vergangenheit verschollen. Verzweiflung und Hilflosigkeit erdrückten und lähmten uns.

„Wie sollen wir so weiterleben, ohne Hoffnung je wieder unsere Welt, unser Leben zu erreichen?"

Zwei einsame Wanderer zwischen den Welten.

Dorthin wo die Welten sich kreuzen, doch wo nun unser Weltenende ist - denn dieser Weg war uns versperrt.

„Alles haben wir verloren, nichts ist uns geblieben!" stammelte Günter - mein Gefährte so vieler Jahre, niedergeschlagen.

„Oh – nein, nicht alles haben wir verloren. Wir haben noch immer uns!" rief ich leidenschaftlich und warf mich weinend in seine Arme.

„Ach Liebste, weißt du nicht, dass nur du mich am Leben erhältst? Ohne dich wäre ich schon lange…"

„Sag es nicht – sprich es nicht aus. Wir beide zusammen werden alles meistern. Denk nur was wir schon gemeinsam überstanden und stets einen Ausweg gefunden haben".

„Ja aber, noch nie war unsere Lage so hoffnungslos", erwiderte er und schloss seine Arme wie Schraubstöcke um mich.

Wir gingen engumschlungen weiter.

Schritt um Schritt näherten wir uns, zaghaft erst, dann von neuem Mut beflügelt, der verlassenen Siedlung.

Bäume und Büsche waren kahl, alles war wie abgestorben. Nicht einmal ein alter Rest von goldenem Laub zeugte vom vergangenen Sommer, obgleich noch nicht einmal der

November begonnen hatte.

Wir stapften an der alten Ruine vorbei, sahen das einzige Steinhaus über die Hütten ragen und marschierten zielstrebig darauf zu.

Vor einem Jahr erst hatten wir es verlassen und uns voller Hoffnung auf den langen Weg begeben. Doch wie viel Zeit war wirklich vergangen? Nun würde hier wieder, unser unfreiwilliger Hort sein. Er würde uns vor dem nahenden Winter schützen. Doch wovon sollten wir leben?

„Vielleicht gibt es noch Vorräte in der Grube vor dem Haus. Lass uns nachsehen, ehe wir uns endlich zur wohlverdienten Ruhe begeben".

Ächzend vor Kraftanstrengung, rückte er die schwere Platte beiseite und lies den Schein seiner Taschenlampe die Grube erleuchten.

„Oh – je, tatsächlich gibt es noch alte Reserven, aber fast alles ist verschimmelt!" stellte er fest.

„Ich fürchte wir werden gleich morgen auf die Jagd gehen müssen. Doch heute können wir nichts mehr ausrichten. Gleich wird es dunkel!"

„Komm in den Schutz des Hauses, Liebes!"

Das Haus empfing uns, wie wir es Hals über Kopf verlassen hatten.

Nun ja, bei näherer Betrachtung bemerkten wir, dass fast alle Öllampen und der größte Teil des Hausrates verschwunden waren.

Doch oben im Haus, dort wo sich unsere Räume befanden, war, oh Wunder alles unversehrt. Zudem hatten wir unsere

Schlafsäcke, so richteten wir uns notdürftig wieder ein.

„Es ist noch nicht alles verloren", griff ich das leidige Thema, das uns quälte wieder auf. Wir müssen versuchen die Zeit zu treffen in der wir – also jene Zeit vor der schändlichen Wahnsinnstat von Justin und sei es auch eine Weile vorher, nur vorher - muss es sein! So sollten wir es allemal versuchen".

„Also werden wir uns im nächsten Frühjahr wieder auf den langen Weg begeben", pflichtete Günter mir bei.

Doch das nächste Frühjahr stellte sich nie ein.

Täglich durchstöberten wir die nähere Umgebung, dehnten unsere Spaziergänge immer weiter aus.

Wir suchten Justins ehemalige Behausung auf und fanden manch Nützliches in seinem Nachlass. So waren es eingeschweißte Packungen mit Gebäck und anderen Nahrungsmitteln, wie Reis und diverse Teigwaren, die uns sehr nützlich und als willkommene Speiseergänzung über den Winter helfen würden.

Des weiteren entdeckten wir Aufzeichnungen und Skizzen seiner irren Pläne und - wir mochten unseren Augen nicht trauen - Fotos von mir.

„Das war der wahre Justin unberechenbar, überheblich bis zum Wahnsinn. Der sich mit Gott maß und die Zeit stoppte und uns somit die Zukunft verbaute. Ein Monster das wir einst arglos an unserem Busen nährten".

„Ein Scheusal, Ausgeburt der Hölle", zischte Günter, zwischen den Zähnen hervor.

„Mein Gott wie konnte ich so blind sein, in ihm nur einen harmlosen Aufschneider und Spinner, ja gar bisweilen einen Freund zusehen!" murmelte ich verdrossen.

„Nun – mein Freund ist er gewiss nie gewesen, dieser Blender. Immer hat er sich zwischen uns gedrängt und…"

„Sprich nicht weiter Liebster, das alles ist tiefe Vergangenheit, obgleich es in der fernen Zukunft geschehen ist".

„In 3000 Jahren - oh welch eine lange Zeit müssen wir überwinden, um wieder in unser Leben eintauchen zu können!"

„Es ist zum Verzweifeln, hier in dieser Trostlosigkeit festzusitzen".

Tage und Wochen vergingen.

Längst hätte es Winter sein müssen, doch keine Jahreszeit ging in die andere über. Denn auch im März und April blieben die Bäume kahl und nackt.

Alles war erstarrt. Kein frisches Grün spross aus dem sumpfigen, nahrhaften Boden.

Kein Vogelgesang, noch Piepsen im Gestrüpp, begleitete uns auf unseren Wegen. Nur das Rascheln im Laub unter den Füßen war unser ständiger Begleiter.

Die Sonne war es, vielmehr die fehlende Sonne, die nicht
die Erde wärmte und zu neuem Leben erwachen ließ.
Nur selten zeigte sich ein milchiges Weiß, wie eine farblose
Scheibe am Firmament.
Tag und Nacht unterschieden sich kaum. Alles erschien uns
düster und unwirklich wie in einer verwunschenen Welt.
Kein Sonnenblitz belebte die ewig graue Tristesse.
Die Ackerböden, die wir mühevoll bestellt hatten blieben
fruchtlos, zeigten kein aufkommendes Grün.
Die Obstbäume bildeten keine Knospen und Blüten, die
Temperatur blieb konstant auf gefühlten 1 bis 2 Grad
Celsius.

Wir waren demütig geworden, nur ein winziger
Sonnenblitz dann und wann, hätte uns schon zu einem
bescheidenen Lebensgefühl genügt.

„Das Wild ist verschwunden, mangels frischer Kräutern und Kleingetier. Kein Insektensummen, die summen anderswo.

Die leben anderswo als hier", bemerkte Günter kummervoll.

So fehlten auch die Vögel unter dem Himmel. Kein Zug von Wildgänsen und Kranichen überflog das Terrain.

„Hier können wir nicht mehr bleiben, uns fehlt jegliche Grundlage zum Überleben".

„Es ist einfach ein Stau im Fluss des Lebens. Vermutlich würden wir gar nicht älter werden, wenn alles stillsteht!" dachte ich laut und erntete ein gequältes Lächeln.

„So ist es - weil wir das nächste Jahr ohnehin nicht mehr erleben!" ergänzte er spöttisch.

Der Hunger plagte uns entsetzlich, kaum, dass wir noch eine kärgliche Mahlzeit am Tag zusammenzukratzen vermochten. Selbst die Ratten hatten längst die Flucht ergriffen.
So blieb uns nur noch das Getier, das sich mit Baumrinden und Wurzeln begnügte. Um einen mageren Hasen oder auch nur ein ausgemergeltes Rebhuhn zu erjagen, bedurfte es eines Tagesmarsches.
Einzig trockenes Holz war reichlich vorhanden, doch was nützte das heißeste Feuer, wenn es nichts zum brutzeln gab. Welch Ironie des Schicksals.
„Es ist sinnlos noch länger zu warten, worauf, auf ein Wunder? – Gefühlsduselei", brummte Günter.
Sorgenfalten gruben sich in sein Gesicht.

„Packen wir es an und machen Nägel mit Köpfen!"
In unsere Vorbereitungen für die weite Reise zurück in den Harz, platzte eine unerwartete Überraschung.
Wir hatten das Zelt vor dem Haus aufgebaut, um es nach schadhaften Stellen zu untersuchen und sie auszubessern, als wir zwischen den Büschen eine Gestalt, sich nähern sahen.
„Oh ein Gast, sieh nur Schätzchen. Er kommt zielstrebig auf uns zu, als würde er uns kennen. Wer mag es wohl sein?"
Ein altes Männlein war es.
Ich kniff die Augen zusammen, um besser sehen zu

können.

„Mein Gott, der Alte erinnert mich an Hartmut, der schaukelnde Gang, der spöttische Blick, die typische Kopfhaltung und…"

„Aber Hartmut ist jung, kaum vierzig".

„Vielleicht ist es der Vater oder ein älterer Bruder von ihm, rätselte ich. Ja vermutlich will er dem Sohn einen Besuch abstatten".

„So wird er ihn vergeblich suchen!" bemerkte Günter und richtete sich neugierig auf.

„Erkennt ihr mich nicht mehr, Herr der Weisheit, mein Gefährte des Lichtes!"

„Ihr wart es, der mir die Furcht vor den vielen Geistern der Dunkelheit genommen", durchbrach der Fremde die knisternde Stille.

„Ja – ihr seht mich lebend, die Götter hatten ein Einsehen mit mir!" fügte er hinzu.

„Wir sind überfallen, ausgeraubt - und die meisten von uns abgeschlachtet worden", grollte er im näherkommen.

„Wüste Horden haben uns bei Nacht überfallen. Doch wir konnten uns rechtzeitig verbergen - in Sicherheit bringen und entkommen! Die wenigen Überlebenden, ausschließlich Frauen und Mädchen, werden jetzt vermutlich als Sklaven gehalten und aufs Schändlichste missbraucht. Oh das war ein fürchterliches Gemetzel. Wir haben die Todesschreie gehört, in unserem Versteck. Selbst mit den Kindern kannten sie kein Erbarmen. Die entsetzlichen Schreie der Frauen, die sie aufs brutalste geschändet haben, begleiteten mich den ganzen Weg und hallen mir noch immer in den Ohren. Ebenso verfolgte mich der Scheußliche Brandgeruch. Denn alles was sie nicht gebrauchen konnten, haben sie in Schutt und Asche gelegt. Sie müssen fürchterlich gewütet haben, in ihrer Mordlust".

„So seht ihr mich wieder, ich kehre nun zurück auf meine alten Tage, zu meinen Wurzeln und suche Zuflucht in meiner Heimat."

„Oh das muss grauenvoll gewesen sein", hauchte ich mitleidig.

„Ja das war es. Aber was zum Teufel nochmal ist hier geschehen?"

„Nichts ist hier geschehen wie du siehst, denn hier ist die Zeit stehen geblieben, seit damals, der Lauf der Zeit ist zum Stocken gekommen".

„Es gibt keinen Frühling und vermutlich auch keinen Sommer mehr, keine Saat und Erntezeit, es grünt und wächst nichts mehr in dieser verfluchten Erde."

„So ist es nur noch ein Kuriosum, ein zerstörtes Babylon, das einst von Justin künstlich erschaffen wurde."

„Aber warum kommst du allein, wo sind die Kinder, welche du zeugen wolltest und wo ist deine Gefährtin, sind sie alle umgekommen?"

„Nein – meine Gefährtin befindet sich bei bester Gesundheit, wohl aber verbirgt sie sich im Busch, hinter den Tannen. Wir wussten nicht was uns hier erwarten würde nach so langer Zeit, es war so verdächtig still hier, das hat uns Furcht eingeflößt und stutzig gemacht!"

„So – so, deine Gefährtin ist mit dir gekommen, aber hast du nie Söhne und Töchter hervorgebracht?"

„Oh – doch, ich habe prächtige Söhne aufgezogen, jedoch habe ich alle beizeiten genötigt in die Fremde zuziehen und sich anderswo ein Weib zu suchen."

„Ihr wisst ja, wegen der Blutauffrischung und Inzucht im Lager, die ihr so verdammt habt. Hernach möchten sie wiederkommen, doch keiner ist bisher zurückgekehrt!" klagte er stirnrunzelnd.

„Ach wie tragisch für dich... und deine Gattin?" bemerkte Günter mitfühlend, doch zusehends immer verwirrter.

„Doch eins verstehe ich nicht, es ist doch kaum mehr, als ein Jahr vergangen, seit wir uns damals getrennt!"

„Wie – was sagt ihr da, dreißig Winter sind wohl ins Land gezogen und vergangen, unsere Kinder sind in alle Winde zerstreut."

Wir hielten ungläubig die Luft an, mussten erst verdauen was wir soeben vernommen hatten.

Günter fasste sich als Erster wieder.

„So lass deine Gefährtin nicht länger warten", brummte er, gespielt gleichgültig, fasste den Freund um die Schulter und drängte ihn in die Richtung aus der er gekommen.

Ein Schatten löste sich aus den Büschen, zum Vorschein kam ein altes Mütterlein mit aschgrauem Köpfchen, doch der lange Zopf war noch immer rabenschwarz.

An der Hand führte sie ein halbwüchsiges Mädchen, dass uns mit blitzenden Augen entgegen schaute.

„Darf ich vorstellen: Meine Jüngste und einzige Tochter, aus meinem neuen Leben. Sie ist mein Augenstern, denn sie hat das zweite Gesicht. Sie wusste was geschehen würde und hat uns gewarnt, sodass wir uns rechtzeitig in Sicherheit retten und letztendlich fliehen konnten!"
Gebannt starrten wir auf die Neuankömmlinge, die sich zögernd näherten und glaubten unseren Augen nicht zu trauen, denn zwei rassige Pferde trottelten hinter ihnen her.
„Das ist meine Beute und gleichsam meine Rache.
So komme ich nicht mit leeren Händen wie ihr seht, denn ich fühle mich in eurer Schuld und zu Dank verpflichtet".
„Ja – ich habe zwei Maulesel stehlen können, welche die Banditen hinter der Siedlung im Wald verborgen hatten, um uns geräuschlos überwältigen zu können", klärte er uns spitzbübisch, augenzwinkernd auf.
„Du hast Recht daran getan alter Kumpel. Die Gäule werden uns noch sehr von Nutzen sein, denn wir werden alle weiterziehen müssen, hier ist nicht mehr unseres Bleibens!" bemerkte Günter sichtlich ergriffen.
„Doch nun kommt in unsere Gemächer, ruht euch aus von den Strapazen der langen Reise. Hier ist Platz genug für alle!"
Die Gäule die Hartmut für Maulesel hielt, waren in Wahrheit, edle Rösser.
„Ach Gottchen - ja so kommt meine Lieben", rief ich gerührt, eilte ihnen entgegen und schloss sie, überwältigt von übersprudelnden Gefühlen, in meine Arme.

Das Haus bot ausreichend Schlafgelegenheiten und unerwarteten Luxus für die alte Zeit.

Zu meiner größten Überraschung und Wonne, zerrten die Männer einen mächtigen Tierkadaver von einem der Pferde. Sie mühten sich sichtlich, den schweren Hirsch ins Haus zu schaffen.

Fleisch, endlich konnten wir uns satt essen.

So begann ichunverzüglich Vorbereitungen zu treffen.

Beschwingt, mit einem munteren Lied auf den Lippen, schichtete ich reichlich Brennholz auf und suchte all unsere Töpfe und Pfannen zusammen.

Während die Männer und Rebecca sich an dem Ausweiden und Zerteilen des köstlichen Festschmauses verdingten, nahm ich das Töchterchen, das den Namen der Mutter fortführte und auch sonst ein Abbild der jungen, einst kessen Rebecca verkörperte, ausgiebig in Augenschein.

Ja, - ein Festschmaus wurde es allemal.

Wir plauderten gelöst und befreit aller Sorgen, bis in die Nacht, doch die Sorgen holten und bald wieder ein.

Zunächst jedoch fühlten wir uns alle wie im Paradies.

Spät am Abend äußerte Hartmut mit gelockerter Zunge, was ihn solange schon beschäftigte.

„Wie kann es sein, dass ihr so jung geblieben seid, ihr erscheint genauso jung wie damals, als wir uns getrennt und warum hat euer Weib noch immer keinen Nachwuchs geboren? Seid ihr nicht Manns genug, Kinder zu machen mein Freund – ha ha. Verzeiht mir meine Dreistigkeit, aber eure Kinderlosigkeit ist doch sehr verwunderlich!"

„Wir werden nicht älter, denn wir sind von göttlichem Geblüt!" rutschte es mir heraus. Oh je, was rede ich für einen Unsinn. Warum habe ich das jetzt gesagt? dachte ich erschrocken.

„So seid ihr auch nicht sterblich?"

„Oh, das möchten wir lieber nicht ausprobieren", bemerkte Günter mit aller Ernsthaftigkeit. Was jedoch die Kinderlosigkeit betrifft, so muss ich euch eines Besseren belehren, denn sechs Kinder sind aus meinen Samen entstanden. Aber dennoch bin ich verflucht und der unglücklichste Vater auf Gottes Erdboden, denn sie alle wurden mir genommen – ermordet. Nur unser jüngstes Söhnchen, könnte noch als Untoter, zwischen den Welten herumirren!"

„Das war so ungeheuerlich, dass Alle wie unter einem Keulenschlag zusammenzuckten und schockiert schwiegen."

„Glücklich kann sich ein Mann schätzen, der seine Söhne im Mannesalter von dannen ziehen sieht, aber das war mir nicht gegönnt, nun, das alles ist lange her. Ich habe mich damit abgefunden," versuchte er die bedrückte Stimmung aufzulockern.

„Oh ich ahnte ja nicht... aber dennoch verstehe ich nicht..." konnte unser Gast sich nach dem Schock nicht enthalten, weiter zu bohren.

„Ihr seid noch jung, ihr könntet doch noch ..."

„Du täuschst dich mein Freund, wenn du uns noch jung

glaubst. Wir sind schon viele hundert Sommer alt, haben Unglaubliches erlebt und überstanden."

„Meine Gattin ist längst jenseits des geburtsfähigen Alters", fügte er belehrend hinzu und hob die Tafel mit den Worten auf: „Genug des leidigen Themas, es ist wie es ist und nun wünsche ich eine angenehme Nachtruhe unter meinem Dach!"

Das Mädchen war längst am Tisch eingeschlafen, sie schwebte in süßen Träumen und hatte von der unglaublichen Eröffnungen nichts mitbekommen.

Während sich die Frau Mama schwerfällig erhob und uns mit wilden Blicken musterte.

Ich hatte es in Betracht gezogen, sie als Freundin zu gewinnen, doch ich erkannte schnell ihre abwehrende Haltung mir gegenüber. War ich ihr unheimlich?

Vor der Tür wandte sie sich noch einmal um und maß mich kopfschüttelnd, mit völligem Unverständnis.

Eine bleierne Stille war eingekehrt, als wir uns alleine wiederfanden.

„Kann es sein, dass wir Untote sind, seit dem Gang durch die grausigen Stollen, die wir durch die Zeitschleuse durchlebten? Unbegreifliche, schauerliche Mächte verwandeln alle, die sie durchmessen. Wenn der Tunnel sie nicht tötet, mutiert er sie zu Monstern, zu Wesen die nicht mehr wirklich sind, sondern..."

„Oh Liebster, kann das nicht sein? Wären wir sonst nicht schon längst verhungert oder an Mangelernährung erkrankt?"

„Was sagst du da, wir sind nicht wirklich, - Zombies etwa, oder andere Schreckgestalten? Du glaubst, wir wandeln als Untote auf Erden, das ist zu ungeheuerlich, als dass es wahr sein könnte. Das alles kannst du doch nicht wirklich glauben oder? Am Ende glaubst du auch noch an Geister – nun, allmählich beginne ich auch zu zweifeln!"

„Ja freilich glaube ich an Geister, denn die Geister sind wir!" kicherte ich.

Er raufte sich verwirrt die Haare.

„Puh – was du mir da eröffnest, macht mich kopflos und irre, doch sind wir nicht noch immer aus Fleisch und Blut?"

Er griff nach mir.

„Dein herrlicher Körper soll der eines Zombies sein? Bah, so wird er mich nicht hindern, dich weiterhin bis zum Wahnsinn zu lieben! So komm in meine Arme und lass mich dich kosten, du kleines Monster."

Die Nacht war schwarz und sternenlos, obgleich kein Wölkchen den Himmel bedeckte. Wo war der Mond geblieben auf seinem ewigen Weg um die Erde.

Alles war anders, unser Leben war aus den Fugen geraten. Meine Gedanken verirrten sich zu einem verwirrenden Wust, aus dem ich nicht mehr herausfand.

Mein Gott, gibt es denn keinen Ausweg, was bleibt uns noch zu tun, außer einen letzten Versuch, selbst Gott spielen zu wollen!

Graue Schatten kündeten den neuen Tag an, das Leben geht weiter, doch was war das für ein Leben, das uns noch erwartete.

Günter regte sich neben mir, seine Hände suchten nach meiner Schulter und tasteten ihren Weg über Arme und Hüften.

„Wenn ich dich nur jeden Morgen neben mir spüre, kann ich alles ertragen. Du mein einziger Lebenssinn - lass uns alles so tun wie immer", fügte er hinzu.

Er richtete sich auf und begann wie hundertmal zuvor, mein langes Blondhaar zu bürsten, bis es wie von Strom aufgeladen knisterte. Er flocht es mit Hingabe zu einem Zopf, wand ihn gewissenhaft um meinen Kopf und befestigte ihn mit vielen Spangen.

„Ich glaube, es ist schon wieder einen halben Meter gewachsen", murmelte er grinsend und betrachtete liebevoll sein Werk.

Mögen wir auch Ausgestoßene sein, für mich bleibst du immer und ewig das Köstlichste auf Erden, trotz aller Wirrnisse.

Doch unsere Bedürfnisse waren noch immer die Gleichen geblieben. Hunger, Durst, das Verlangen nach Behaglichkeit, Zuwendung und Zerstreuung nach Geselligkeit. Den Stolz auf das Erreichte, Lob und Anerkennung, kurz – nach Normalität.

Tief in uns schlummerte die ewige Sehnsucht nach unserem alten Leben, Tanz, Vergnügen, Ausgelassenheit, sich fallenlassen, in einem Taumel des Glücks schweben – das ist die Normalität.

Kapitel 2: Im Nebel versunken

Doch wir waren im Nebel der Vergangenheit versunken.
Wir wussten, die Sonne würde sich nicht erheben, um den
neuen Tag in goldenes Licht zu hüllen.
Nur eine milchige, blasse Scheibe zeigte sich kurz am
Firmament. Trostlos und düster begann der neue Tag und
würde ebenso enden.
In Gedanken versunken lehnte ich in seinen Armen.
Seine Lippen liebkosten meine Schläfe.
Ich schwieg, wusste keine Worte auszusprechen.
Was sollte ich auch sagen, wollte ich die intime Stimmung
nicht verderben.
Aus der Tiefe des Hauses drangen Geräusche und
Stimmen. Augenblicklich besannen wir uns, unserer
Gastgeberpflichten.
Rebecca hatte schon ein munteres Feuer in der riesigen
Herdstelle entfacht. Es duftete bereits köstlich nach
Braten. Eine trügerische lockere, heimelige Atmosphäre
umgab uns und begleitete uns den ganzen Tag.
Die Geselligkeit der wackeren Zeitgenossen zwang uns,
munter und ausgelassen zu erscheinen.
Zunächst vermieden wir das leidige Thema unseres
unumgänglichen gemeinsamen Aufbruchs.
Noch trog der Schein, solange reichlich Nahrung
vorhanden war, ein jeder trug zu einem angenehmen
Tagesablauf bei.

Doch als die Vorräte schwanden, mussten wir Klarheit schaffen und die ausweglose Situation zur Sprache bringen. Vorher jedoch, beriet ich mich mit Günter.

„Wir müssen den gleichen Weg zurückgehen. Die Höhle im fernen Harz, in entgegengesetzter Richtung durchqueren, das wird gewiss kein Spaziergang."

„Aber dann sind wir für immer in der alten Zeit gefangen!" gab Günter zu bedenken.

„Oh nein, denn wir müssen versuchen einen früheren Zeitpunkt zu wählen, also die Zeit vor dem Unglück - um die schreckliche Katastrophe zu verhindern. Verstehst du denn nicht die Zusammenhänge?"

„Ja ich verstehe schon, doch wie soll es uns gelingen?"

„Uns bleibt nichts anderes zu tun, wir müssen es ein zweites Mal versuchen. Doch zuerst werden wir wieder die Siedlung in Dresden aufsuchen. Ich denke unsere Gäste werden dort ihr Heil finden, auf der Suche nach einer neuen Heimat!"

„Ja - dort wird es ihnen sicher gefallen. Da können sie in Frieden ihren Lebensabend verbringen und das Töchterchen wird einen geeigneten Gatten finden, wenn es an der Zeit ist."

„Du scheinst alles bedacht zu haben Liebste, doch es ist und bleibt ein riskantes Unterfangen."

„Nun - ja ein Risiko bleibt es wohl. Doch wenn alle Stricke reißen und unser Vorhaben misslingt, werden auch wir in der Siedlung unser Heil finden und endlich zur Ruhe kommen. Dann werden wir die alten Elbgermanen sein", ergänzte ich schmunzelnd.

„Nein - niemals werde ich mich mit einem Leben unter Steinzeitmenschen zufriedengeben!" begehrte Günter leidenschaftlich auf.

„Wir werden schon sehen, noch ist nicht alles verloren."

Wieder einmal rüsteten wir uns zum Aufbruch.
Ruhelose Wanderer, die ihr verlorenes Paradies suchten.
Würde es uns diesmal gelingen, den richtigen Zeitpunkt zu erwischen?
Alles, unsere Zukunft, unser künftiges Leben und Sein, hing von diesem verfluchten und doch für uns so wichtigen Zeitpunkt ab.
In unsere Vorbereitungen vertieft, bemerkten wir nicht, dass unsere Mitstreiter keinerlei Anstalten für die bevorstehenden Reise trafen.
Wir stutzten erst, als wir voller Eifer begannen, die Pferde mit den prall gefüllten Satteltaschen zu beladen.

„Nun was ist, wollt ihr euch ohne Gepäck auf die Reise begeben?"

„Wir werden nicht mit euch kommen. Wir sind müde des ewigen Wanderns, unser Leben geht dem Ende entgegen, unser Haar ist grau und die alten Knochen lahm!"

„Nur um eines möchten wir noch bitten: Nehmt unser Töchterchen in eure Obhut, sie hat das Leben noch vor sich, sucht einen tüchtigen Mann für sie, wir vertrauen euch und geben sie in eure Hände!"

„Nein Väterchen – nein das könnt ihr nicht von mir

verlangen, ich will bei euch bleiben!" schluchzte sie herzergreifend, warf sich vor ihm auf die Knie und umschlang die Beine des Vaters, der sie jedoch brutal von sich stieß.

„Mutter, oh liebes Mütterchen!" wandte sie sich verzweifelt der Mutter zu.

"So sag doch, dass er nur einen bösen Scherz mit mir treibt!" Hauchte sie mit tränenerstickter Stimme.

„Nein Kind, füge dich, es ist zu deinem Besten, alle Kinder verlassen die Eltern, wenn die Zeit gekommen ist!"

„Aber ich bin doch noch ein Kind, ich brauche euch."

Doch auch sie ließ sich nicht erweichen und fuhr scheinbar, unberührt fort.

„Ich habe dein Bündel längst gepackt. Sei eine gute Tochter und enttäusche uns nicht, diese Beiden werden fortan auf dich achten und du wirst ihnen Respekt und Gehorsam zollen!"

„Ihr stoßt mich also von euch, so bin ich nicht mehr euer Kind", hauchte sie erschüttert.

„Nun gut, so sei es denn, so lebt wohl. Ich werde immer in Liebe Eurer gedenken", murmelte sie aufseufzend und lief wie gehetzt zu den Pferden.

Wir betrachteten mit wachsendem Unmut diese erschütternde Szene, ohne einzugreifen.

Aufmunternde Worte – sie umzustimmen waren vergebens, sie hatten ihren unumstößlichen Entschluss gefasst. So erlebten wir die rührendste, tränenreichste Abschiedszeremonie, fern jeder Vorstellungskraft.

Auch ich fühlte meine Augen feucht werden.

Günter – ebenfalls überwältigt, drängte unerbittlich zum Aufbruch und hob das zierlich Persönchen vor sich auf das Pferd.

So machten wir uns mit der Halbwüchsigen auf den Weg. Ohne uns noch einmal umzusehen, spornten wir die Pferde zum Galopp an und jagten der ungewissen Zukunft entgegen. Wir spürten ihre Blicke im Rücken und wussten das auch sie nun bittere Tränen vergossen.

Hoch zu Ross gewannen wir erstaunlich rasch an Boden. Unser Schützling hatte die Sprache verloren.

Wie erstarrt, kauerte sie zusammengesunken über dem Hals des Pferdes, ihrem Schicksal ergeben.

Ach du arme Kleine, auch du wirst wieder Freude am Leben finden, dafür werden wir schon Sorge tragen, dachte ich zuversichtlich.

Als wir abends geschäftig das Zelt aufbauten, betrachtete sie staunend das merkwürdige Gebilde. Ein kindliches Kichern entrang sich ihrer Kehle und lockerte die Erstarrung.

„Das ist unser Haus für die Nacht", bemerkte ich lachend und bugsierte sie behutsam in den Innenraum der wackeligen Behausung.

Es wurde recht eng darin, denn für drei Personen war es weis Gott nicht vorgesehen.

Bald hörten wir die gleichmäßigen Atemzüge des Kindes. Sie schlief tief und fest, den erquickenden Schlaf der

Jugend.

„Wie alt mag sie wohl sein?" flüsterte ich.

„Nun, ich schätze sie auf 13 oder 14 Jahre. Für die Menschen hier, ist sie bereits auf der Schwelle zum Frau - sein und gewiss kein Kind mehr!"

„Du meinst also, die jungen Burschen werden bereits ein Auge auf sie werfen?"

„Ein hübsches Persönchen und ein Leckerbissen ist sie allemal, mit ihren schwarzem Haaren und der anmutigen Erscheinung, doch wir können ihr nichts mit auf den Weg geben, das sie aufwiegt!"

„Nicht das sie als niedere Dienerin oder gar als Sklavin angesehen und missbraucht wird."

Ich öffnete ihr Bündel und betrachtete kopfschüttelnd die fadenscheinigen Gewänder die zutage kamen.

„Siehe nur welch abgetragene Lumpen sie mit sich führt, wie mag sie nur frieren, wenn die Winterkälte hereinbricht?"

„Aber tragen nicht alle solch erbärmliches Zeug am Leib? Oder hast du schon eine elegant gekleidete Dame unter ihnen gesehen?"

„Wir hingegen besaßen noch immer unsere molligen Fleece Jacken, welche wir den Winter über, fast täglich unter dem derben Umhang getragen und die nun ihre Flauschigkeit ein wenig eingebüßt hatten.

Des weiteren, existierten noch immer Günters lange warme Thermounterhosen und die dicken Strümpfe, an deren Gebrauch ich mich ebenfalls mit Wonne erfreute.

Niemand sah es je unter den schweren Leinengewändern. Zudem hatten wir immer noch unsere super flauschigen Polyesterdecken im Gepäck, die uns zurzeit wie ein fremdländischer Luxusartikel von einem anderen Stern erschienen.

Doch selbst jetzt im Mai waren die Temperaturen kaum angestiegen.

Ich kuschelte mich behaglich in Günters Arme.

Er beugte sich über mich, sein Mund liebkoste meine Halsbeuge. Eine wohlige Wärme ergoss sich über mich, prickelnde Glut durchströmte uns beide, als wären wir ein Körper.

„Halt dich zurück Liebster, mir liegt so viel auf der Seele was herausmuss," säuselte ich und ließ meinen überschäumenden Gedanken Luft.

Ach wie gern würde ich alles noch einmal erleben.

Selbst das 13. Jahrhundert erscheint mir jetzt erstrebenswert.

Einmal noch den heranwachsenden Wolfgang sehen, unser Haus mit dem hohen Zaun, meinen geliebten Garten.

Das Schloss mit der ganzen Verwandtschaft, ja sogar der hinterhältige Onkel wäre mir nun willkommen.

Und die Bälle auf dem Schloss, wenn wir uns herausputzen um mit dem Pomp zu konkurrieren.

Die stuckverzierte Kuppeldecke im Ballsaal. Im prunkvollen Glanz von silbernen Lüstern, mit unzähligen vibrierend – tanzenden Kristalllamellen, in denen sich tausendfach das Feuer der vielen hundert Kerzen spiegelte - einen

unbeschreiblichen Duft ausströmend.
Ein unbeschreibliches Erlebnis.

Dort sah ich mich stehend, immer wieder ergriffen -
staunend. Oft den Tränen nahe - heftig mit dem Fächer
wedelnd, um meine Rührung zu verdecken.
Jede Zeit hat, außer den Menschen, die sie prägt, etwas
Eigenes – Besonderes, auch in uns hinterlassen.

So tanzten wir um 17 Hundert den Reigen. Die Polka um 18 Hundert. Später den langsamen Walzer und den Charleston. Darauf den wilden Rock and Roll, den Twist und den Foxtrott. Anschließend all die verrückten Tänze, die nur aus ekstatischen Bewegungen, keinem vorgeschriebenem Schema mehr folgten.

Doch eigentlich war nur 18 und 19 Hundert unsere Zeit.

„Ach Liebster, was würde ich jetzt für das Leben um 18 Hundert geben. Oh – meine Sehnsucht nach alledem ist so groß."

„Quäl dich nicht mein Herz, eines Tages werden wir sie alle wiedersehen. Nun schlaf und träum deine schönen Träume weiter, in meinen Armen bist du geborgen."

Als wir aufbrachen war der Himmel wie Blei, doch mit jedem neuen Tag, wurde der Himmel heller, bis sich eines Tages die Sonne zeigte.

Schwach noch und verschwommen, doch sie erhellte unser Gemüt und beflügelte unsere Sinne.

„Wir reiten bereits in die neue Zeit!" rief Günter, fünf Tage später gutgelaunt.

„Siehst du auch schon die Veränderungen, die Sonne scheint wieder, die Bäume werden grün, Blumen blühen, Schmetterlinge und Vögel flattern."

„Ja – es ist wieder Leben um uns, oh wie lange habe ich, dass alles vermisst, es erscheint mir wie ein Wunder."

„Sieh nur Rebecca, die putzigen Entlein dort am Teich.
Oh – und die wohlige Wärme!"
Ich löste den Umhang und streckte entzückt meine Arme
der Sonne entgegen.
„Hier rasten wir, solange es uns beliebt, denn dort
empfängt uns schon der dichte Urwald, schau Liebster,

da ist es schon, dort wird einst das stolze Dresden entstehen."

„Wenn es auch zurzeit nur aus ein paar armseligen Hütten besteht, so werden wir da herzlich Aufnahme finden".

„Auch du, kleine Rebecca wirst dort dein Lachen wieder lernen."

Wir streckten uns im Gras aus und sahen die Wolken hoch über uns ziehen, aller Trübsal war vergessen, nun ja, verdrängt.

„Komm Kleine", sagte ich später, „lass uns ein paar Kräuter sammeln, so kommen wir nicht mit leeren Händen bei unseren Freunden an!"

Ein großes Hallo – empfing uns, als wir am nächsten Tag das Lager erreichten.

Als Freunde waren wir gegangen und als Freunde kehrten wir zurück.

Wir wussten über den Ernst unserer Aufgabe, unseren Schützling in die passende Sippe einzugliedern.

Wussten über die Qual, die es hervorrufen würde, die Kleine erneut verlassen zu müssen und einem ungewissen Schicksal zu überlassen.

Doch unsere Sorge war unbegründet, denn wir bemerkten bald, die begehrenden Blicke der jungen Burschen, die sie auf sich zog.

„Ist sie nicht ein reizender Anblick, wie sie errötend, doch mit blitzenden Augen die Männerwelt erfreut."

„Ich schätze, bald wird es eine Hochzeit geben",

schmunzelte Günter, „wenn sie sich auch noch ein wenig ziert, so denke ich, sie wird ihren Weg schon gehen, wir können unbesorgt weiterziehen."
Der Abschied war leichter als befürchtet, denn Rebecca hatte ihre Wahl längst getroffen.
Ein smarter Jüngling war es, an den sie bereits ihr Herz verloren hatte, denn sie führte ihn längst am Gängelband.

So bedankten wir uns überschwänglich für die nette Bewirtung und die freundliche Aufnahme unseres Mündels in ihrer Mitte. Mit dem Vorwand, noch etwas Wichtiges erledigen zu müssen und gegebenenfalls zurück zu kehren, zogen wir von dannen. Ich konnte es nicht erwarten unseren Weg fortzusetzen, denn mit jedem Tag den wir vorankamen, gelangten wir weiter in die neue Zeit. Bisweilen erschien es mir wie eine Reise auf einem rückständigen Kontinent, ein interessanter, erbaulicher, wenn auch strapaziöser Abenteuertrip.
Doch konnten wir nicht nach Enttäuschung, Verdrießlichkeit und Gefahr, einfach in einen Flieger steigen, um in unsere bequeme elektronische Computerwelt heimzukehren.

Wir kamen zügig voran, hatten wir doch den Luxus, uns auf Pferden fortzubewegen und nach Belieben ausruhen zu können. Was jedoch den Nachteil barg, uns bei Gefahr nicht lautlos und schnell genug verbergen zu können.

Kapitel 3 Spur des Bösen

Doch Gefahren lauern überall.
So waren es nicht nur die üblichen Wegelagerer, sondern vielmehr die wilden versprengten Kampftruppen, brutale und mordrünstige Gesellen - Deserteure die anstatt für den Kaiser zu dienen, mit Flucht dem Sterben zu entgehen suchten.
Vor ihnen mussten wir ständig auf der Hut sein, denn wir wussten, sie würden uns ausrauben und gnadenlos hinmetzeln, nachdem sie mich geschändet hatten.
So trachteten wir, dieser üblen Zeit, schnellstmöglich und ungeschoren zu entkommen.
Ständig witterten wir die Bedrohung um uns und trieben die Pferde zum Äußersten. Kaum das wir uns eine längere Ruhepause gönnten, denn mit jeder weiteren Meile die wir gewonnen, überwanden wir nahezu Hundert Jahre.
Wir sahen zerstörte und ausgebrannte Gespanne.
Leichen säumten den Weg. Krähen flogen laut krächzend auf, wenn wir uns dem Schlachtfeld näherten.
Doch wir nahmen uns kaum die Zeit, nach Überlebenden Ausschau zu halten – das Grauen war zu groß.
Mir bibberten die Knie, entsetzt suchten wir Abstand zu gewinnen. Weiter - nur schnell weiter.

Ein unerklärliches Surren, wie im Theater, bevor das Licht erlischt. Nein eher ein dröhnendes Poltern wie ein fernes Donnergrollen, durchbrach die Stille und schreckte uns, aus der Monotonie im ewig gleichen Trott des Vorwärts -

kommens.

Alarmiert erklommen wir in aller Eile den nächstbesten Hügel und fanden Deckung zwischen dichtem Gesträuch.

Selbst die Pferde ahnten die drohende Gefahr und folgten uns instinktiv. Verborgen in unserem Versteck, wagten wir mutig einen Blick in die Ferne.

Was wir dort sahen, ließ uns erschauern.

Ein Menschenstrom ohne Ende schlängelte sich viele Meilenweit durch Berg und Tal. Invasionen unglaublichen Ausmaßes. Während die Spitze des Zuges aus bewaffneten Kriegern die Vorhut bildete und längst ein anderes Gebiet erreicht hatte, mühten sich die Nachfolger weit entfernt ein Flüsschen zu durchqueren. Doch das Ende des Zuges war nicht abzusehen.

Ergriffen hielten wir die Luft an, wagten nicht uns zu rühren. Niemals zuvor hatte ich dergleichen gesehen.

Mit schlotternden Gliedern blickte ich auf diese einmalige Formation. In keinen meiner ärgsten Alpträume, geisterte jemals solch ein bizarres Bild.

„Wenn das der grausame Attila der Hunne, der ewig ruhelos, stets kampfbereit mit seinen Kriegern, von zigtausend Gefolgsleuten, ja sein gesamtes Volk nach sich ziehend, ist. So befinden wir uns zurzeit im 5.Jahrhundert".

„Die Zeit der größten Völkerwanderung", flüsterte mir Günter zu.

„Schau mal… Könnte das dort – der Krieger mit der prächtigen Brustwehr – dem glitzernden Helm mit dem gewaltigen Harnisch. Der, mit dem markanten Kinn und

der Habichtsnase. Könnte das nicht der Attila in Person
sein? Buh – sieh nur die grausamen Augen.
Ein schauderhafter Anblick. Obgleich seine abgrundtiefe
Hässlichkeit, bei gewissen Frauen einen heimlichen Kick
der Erregung und Begierde hervorrufen mochte!"

Mittlerweile zog der endlose Treck erschreckend dicht an
unserem Versteck vorbei. Sodass wir ihre Worte, ja sogar
ihren üblen Geruch wahrnehmen konnten.
Unsere Geduld wurde auf eine harte Probe gestellt.
Denn es dauerte ewig, bis auch die letzten Gespanne mit
Frauen und plärrenden Kindern, an uns vorbeigezogen
waren. Nur noch eine Staubwolke zeugte zunächst von der
unglaublichen Invasion die wir soeben erlebten.
Bald jedoch zeigten sich verheerende tiefe Spuren, soweit
das Auge reichte, wie von Riesen hinterlassen.

Tief aufseufzend erhoben wir uns und fielen uns wie verschreckte Kinder in die Arme.

„Wow - was glaubst du was mit uns geschehen wäre, wenn Attila oder seine Mannen uns entdeckt hätten?"

„Oh mein Gott, was alles hätte passieren können", hauchte ich tränenerstickt.

„Nun, bei seiner bekannten Vielweiberei und Vorliebe für exotische Schönheiten, hätte er dich mit Sicherheit zu seiner neuesten Nebenfrau auserkoren".

„Mich allerdings, hätte er kurzerhand geköpft oder als Sklaven gefangen genommen. Zudem ist überliefert, dass der große Krieger nicht etwa im Kampf, sondern in der Hochzeitsnacht, im Bett, mit seiner wohl zehnten Frau beim Liebesakt sein Leben ausgehaucht hat".

Als uns endlich vermehrt Planwagen begegneten, wussten wir uns in gemäßigten Zeiten und Zonen und atmeten erleichtert auf.

Nichts, das den Zeitgeist besser träfe, als diese Erkenntnis, angekommen zu sein und uns auf dem rechten Weg zu befinden. Denn das waren gottesfürchtige Menschen mit einer Bibel im Gepäck, Christen wie wir, die hoffnungsvoll nach einem besseren Leben strebten.

„Aber irgendwo muss die verlorene Zeit doch geblieben sein!" rätselten wir, wieder einmal.

„So viele Jahre können doch nicht einfach vom Erdboden ausgelöscht und verschwunden sein, all die vielen Menschen, so unglaublich viele Generationen, welche die

Zukunft prägen. Wie kann die Zukunft daraus erstehen ohne die Vergangenheit?"

„Das alles kann doch gar nicht sein, sind wir nur in einem bösen Albtraum gefangen, aus dem wir nur erwachen müssen?"

„Wenn es nur so wäre", er kniff mich schmerzhaft in die Wange".

„Siehst du, wir träumen nicht, das hier ist Realität – oder?" Doch allmählich kamen uns Zweifel.

Konnte es nicht sein, dass wir uns womöglich in einer mystischen Zwischenwelt befinden?

Wir hatten uns nie mit Esoterik und Mythologie befasst, der unerklärlichen Illusionen des Seins, doch wir wussten inzwischen, dass es mehr zwischen Himmel und Erde gab, als nur eine Realität. Und wir waren nur Phantome in einer unbegreiflichen Inszenierung, nicht nur Zuschauer - Ausgesetzte die nicht in die Wirklichkeit fanden!

10 – 17 Hundert, überwanden wir in unglaublicher
Geschwindigkeit. Oh wie lechzten wir nach der neuen Zeit.
Von Hunger und Entbehrungen geplagt, bemerkten wir
kaum die abschätzenden Blicke der Einheimischen, denn
unsere merkwürdige Aufmachung, erregte Aufsehen.
Wir hatten versäumt, uns rechtzeitig den neuen
Gegebenheiten anzupassen.
„Meine Güte, wenn es weiter nichts ist, das die Menschen
an uns stört, so werden wir uns eben Zeitgemäß heraus
putzen", grinste Günter. Bei unserer nächsten Rast kramte
er unsere abgetragenen Jacken und Hosen hervor.
Augenblicklich fühlten wir uns wie neugeboren.
Die Zivilisation hat uns wieder, der Zeitgeist einer neuen
Epoche umgab uns.
Doch wir waren nicht mehr als Bettler, angewiesen auf
Almosen! Glaubten wir, auch alles bedacht zu haben, so
sahen wir es nun als größtes Problem, wir konnten nicht
mehr nach Belieben jagen.
Als wir die ersten Harzörtchen passierten, mussten wir uns
notgedrungen als Bedürftige zu erkennen geben.
Unser Weg war noch längst nicht zu Ende, noch lag eine
weite Strecke vor uns, etliche Dörfer mussten noch
überwunden werden.
Doch der Hunger wurde täglich unerträglicher.
Nach reiflichen Überlegungen entschlossen wir uns, das
Rathaus und somit den Bürgermeister des Ortes
aufzusuchen...wie erniedrigend!
Der stolze Graf Günter von Elzen. Mein Gatte, in unserer

Zeit über ein enormes Bankkonto verfügend...

Doktor der Medizin, gebildet, begabt und äußerst befähigt in seinem Metier der Heilkunst, war nun nur noch ein armseliger Bettler, ohne Besitz und Heimatlos, solange wir unser Gebiet in der richtigen Zeit nicht erreichen konnten. Diese jedoch, war gegenwärtig unerreichbar für uns und zählte hier nicht. Denn nun waren wir zwar nahezu in der richtigen Zeit, doch in einer falschen Gegend.

Ein paar läppische Jahre später nur, ein klärender Anruf, ein simples Telefongespräch mit unserer Bank, hätte alles regeln können, doch ein Telefon gab es noch nicht im Jahre 1901.

Wir waren und blieben Ausgesetzte in der falschen Zeit.

Kapitel 4: Das Bittgesuch

Zunächst fiel es mir schwer, mich derart zu verbiegen und zu demütigen.

Aus der Not geboren, griff ich zu einer abgedroschenen, aber rührigen Lüge und beklagte lebhaft und gestenreich, unser perfides, bedauernswertes Schicksal – überfallen worden zu sein.

So berichtete ich: Nach einer angenehmen illustren Dampferfahrt die Elbe hinauf, letztendlich durch einen brutalen Überfall auf unsere Reisekutsche, ausgeraubt worden zu sein.

Weiter beteuerte ich, dass wir nur unseren Seesack (Rucksack) und das nackte Leben haben retten können.

Ja ich weis, wir hätten die Eisenbahn nehmen sollen, aber das ist recht unbequem, denn es gibt ja so wenig Bahnhöfe.

Ich fand uns in der Story, die nicht zum ersten Mal zum Einsatz kam, so lebendig, das ich sie schon selber glaubte. Während Günter sich im Hintergrund hielt und zu allem was ich vorbrachte, heftig nickte.

„So bitten wir um Asyl und Aufnahme in eurer Gemeinde. Eine kleine Starthilfe für einen Neuanfang", fuhr ich unerschütterlich fort.

„Wir beabsichtigen mit unser Hände – Arbeit, alle Unkosten euerseits zu begleichen und..."
Nun mischte sich Günter in das Gespräch ein.

„Ihr müsst wissen guter Mann, ich bin praktizierender Doktor. Ein fähiger Landarzt mit viel Erfahrung auf meinem Gebiet der neusten Heilkunde. Wir werden gewiss nicht eurer Gemeinde zur Last fallen!" ergänzte er auftrumpfend.

Der Bürgermeister räusperte sich verlegen, bevor er zu einem klärenden Gespräch ansetzte.

„Hm – nun ja, das alles ist recht bedauerlich was ihr mir soeben offenbart habt, aber wenn das so ist, wie ihr es darlegt. Ein guter Landarzt kommt uns allemal gelegen."

„So ersehe ich, euch als neue Bürger unseres lieblichen Ortes aufzunehmen und – aeh, euch eine Bleibe anzubieten! Doch vorerst müsstet ihr mit meinem bescheidenen Heim vorliebnehmen und meine Gäste zu sein. Morgen werde ich zu dieser Angelegenheit einen Rat einberufen und mit Ihnen abstimmen, welches Grundstück euch zur Verfügung gestellt werden kann!"

„Bis dahin, bitte ich euch um Geduld. Fühlt euch wie zuhause unter meinem Dach", er nickte uns aufmunternd zu, erhob sich schwerfällig und öffnete die Tür.

„Frieda", rief er, mit dröhnender Stimme in die Diele und mit einem letzten wohlwollenden Blick auf mich.

„Frieda, führ unsere neuen Bürger in die Gästezimmer und versorge sie mit allen Annehmlichkeiten!", befahl er seiner aufgescheuchten Ehehälfte nachdrücklich.

Die Audienz war beendet.

Erleichtert aufatmend, folgten wir der griesgrämigen

Gattin des hohen Herrn nur zu gern, in unser neues Domizil.

„Es ist doch recht hübsch hier, sollten wir nicht in Betracht ziehen, hier unser Nest aufzubauen?"
„Unser Nest ist am Fuße des Riesengebirges, dort wird es immer sein. Ich habe nicht die Absicht, es jemals aufzugeben", brummte Günter unwirsch und zog mich wild in seine Arme.
„Dies hier ist nur ein Lückenfüller, ein Notbehelf und du wirst immer an meiner Seite sein, mögen wir auch Phantome in der Inszenierung des Lebens sein. Für mich aber, bist du die einzige Wirklichkeit in diesem Stück", hauchte er mir ins Ohr und bedeckte meinen Körper mit hundert Küssen.
Am folgenden Tag, begaben wir uns auf einen ausgiebigen Streifzug durch die Gemeinde und mussten viele neugierige Blicke über uns ergehen lassen.
Misstrauisch, doch auch mit liebenswürdigem Entgegenkommen, wurden wir beäugt, während wir Allen mit freundlicher Höflichkeit entgegentraten.
„Sieh nur Liebster, welch ein herrliches Fleckchen Erde uns hier gegeben ist, hier könnten wir in Frieden alt werden und eines Tages…"
„Du hast es noch immer nicht begriffen, hast du unsere Träume und Wünsche, unser Streben nach der Unsterblichkeit vergessen?" brauste er auf und maß mich mit brennenden Blicken.

„Ist dir nicht klar, dass unser Leben hier begrenzt ist?"
Ein schauriges Gefühl der Ohnmacht erfasste mich.
„Ja, so ist es wohl", bekannte ich kleinlaut – nickend.

Fünf Tage genossen wir die ungewohnten
Annehmlichkeiten eines geordneten Haushaltes.
Länger vermochten wir nicht, uns zu gedulden.
Unser Bündel war gepackt.
So machten wir uns, in unserer ewigen Ruhelosigkeit in der
Stille und dem Schutz der dunklen Nacht, erneut auf den
Weg.

Die Pferde grasten auf der Koppel am Ausgang des Dorfes.
So war es uns möglich, lautlos zu verschwinden.

Im Schein der Taschenlampe, fanden wir mühelos unsere beiden Hengste, denn es befanden sich nur noch zwei weitere Pferde in dem Gehege. Wir verloren keine Zeit. In aller Hektik befestigten wir die vollbepackten Satteltaschen und schwangen uns auf den Rücken der Pferde.

Vom silbernen Mondlicht geleitet, durchritten wir drei weitere Orte.

Als die Sonne sich rotglühend erhob, war unser Ziel nicht mehr fern.

Noch bevor die Sonne wieder versank, sahen wir den steinernen Hügel, der sich vor unseren Augen erhob.

Doch wir wussten über die gewaltigen Kräfte, die ihm innewohnten.

Mit banger Sorge näherten wir uns dem grausigen Berg, der uns einst ausgespien hatte.

Wir erkannten den kleinen See und suchten nach der Öffnung, dem Spalt in der Felswand.

Alles hing nun am seidenen Faden, würde es uns gelingen den Zugang zu dem Stollen zu erreichen? Und dann?

„Oh – je, was haben wir uns da nur aufgebürdet, ein

Wahnsinnsunterfangen und werden wir es überleben?"
„Noch haben wir die Wahl, uns mit dem reizenden
Örtchen, mit einem beschaulichen Leben zu begnügen!"
„Willst du etwa jetzt aufgeben, jetzt – so kurz vor dem
Ziel?"
Ich schüttelte wild den Kopf.
Mein Blick glitt ehrfürchtig zu dem schwarzen Loch im Berg
hinauf, mir versagte die Stimme, während Günter bereits,
fachmännisch die Klettermöglichkeiten abschätzte.
„Hier werden wir den Aufstieg beginnen, komm Liebes,
halt dich dicht hinter mir," hörte ich ihn, besorgt
bestimmen.
„Und die Pferde?" wagte ich einen letzten Versuch, den
Wahnsinn hinaus zu zögern.
„Ach, die Pferde werden nicht verhungern, in dieser
Üppigkeit der Vegetation", tat er meine Bedenken
unwirsch ab.

Kapitel 5: Hauch der Hölle

Es war leichter als gedacht.
Doch vor dem Höhlentor fauchte uns ein schauriger Hauch
entgegen.
Wir zwangen uns durch die schmale Öffnung.
Mit aller Kraft mussten wir nun gegen den starken Sog
ankämpfen. Ein eisiger heulender Sturm nahm uns den
Atem, trübte die Sinne.
Günter zog mich mit stählerner Hand vorwärts, weiter und
weiter in den Höllenschlund hinein.
Halbwahnsinnig vor Entsetzen, stemmten wir uns gegen
die unsichtbare Macht, die unverständlichen Hindernisse
in der unheimlichen Schwärze.
Eine unglaubliche Druckwelle - die Mauer der Zeit, hieß es
zu durchbrechen und ließ uns das Blut in den Adern
gefrieren.
Wie sollte das auch ohne großes Getöse gelingen.
So jagten wir in atemberaubender Geschwindigkeit, kaum,
dass wir es bemerkten, gegen die Zeit ankämpfend.
Wie ein abgeschossener Pfeil zwischen den Welten.
Jahrtausende überwindend. Ungewiss, die rechte Ebene
jemals zu treffen oder ganz zu verfehlen, bewältigten wir
den Zeitkanal.
Wir verloren jedes Zeitgefühl, Hände und Füße schienen
erfroren.
Hier werden wir sterben und verrotten, einsam in der

eisigen, muffigen Gruft, die unser Grab sein wird.
Keiner wird uns je finden.
Niemals werden wir den Ausgang erreichen!
Ich fühlte meine letzten Kraftreserven erlahmen.
„Komm Liebste, komm!" hörte ich die mahnenden Worte
wie aus weiter Ferne.
Er packte und zerrte mich weiter, kaum, dass meine Füße
noch den Boden berührten.
Einen Moment, sah ich die Erde am Anfang der Zeit.
Oh nicht an den Beginn der Zeit. Bitte – bitte nicht vor dem
Urknall, denn vorher gab es nichts als den endlosen Raum.
Wir würden im All uns auflösen – verfallen in kleinste
Moleküle oder gar zu einem winzigen neuen Stern
erleuchten. Würden unsere Seelen weitet bestehen?
Doch plötzlich wusste ich, dass ich die Zeit bestimmen
kann. Allein durch die Kraft meiner Gedanken – Zukunft
oder Vergangenheit.
Meine Gedanken aber schwanden, eine bodenlose
Schwärze nahm mir die Sinne.
Endlich sahen wir einen schwachen Lichtschein – das Ende
des Tunnels, der unser Grab sein sollte, doch wir lebten…
Mit letzter Kraft taumelten wir dem rettenden Tageslicht
entgegen. Nur ein paar Schritte noch, dann ließen wir uns
keuchend nach Luft ringend, auf das feuchte Moos
niederfallen.

Die untergehende Sonne empfing uns mit ihren feurigen,
wärmenden Strahlen.

Der offene Himmel wölbte sich über uns.

Wir durften leben, oh wie schön ist die Welt!

Der frische Abendwind klang wie Musik in unseren Ohren, wie ein sanftes Streicheln auf Körper und der geschundenen Seele.

Erschöpft krochen wir ein Stück weiter, um Abstand von dem Sog des brodelnden Höhlenschlundes zu gewinnen, und sanken augenblicklich in einen ohnmachtsähnlichen, Tiefschlaf.

Ein Geräusch weckte mich.

Die Sterne blitzten in verschwenderischer Pracht, über mir.

Günter hatte den Arm und ein Bein über mich gelegt, um mich zu wärmen.

„Hast du jemals solch einen Sternenhimmel gesehen, es ist, als wollte er uns für das entsetzliche Geschehen belohnen," hauchte ich überwältigt.

„Ja meine Kleine, Gottes Erdboden hat uns wieder aufgenommen, doch mir will es erscheinen, als wären wir die einzigen Menschen auf der Welt. Welche Zeit mag es wohl sein, in die wir geraten sind, was wird uns jetzt erwarten?"

„Ja die ewigen Wirren der Zeit sind es, die uns nicht zur Ruhe kommen lassen, seit damals, als wir zum ersten Mal den Zeitkanal fanden", wisperte ich und kuschelte mich behaglich in seine Arme.

Der neue Tag machte uns nicht klüger.

Als wir bei strahlenden Sonnenschein, uns von unserem

Lager erhoben, gewahrten wir nur einen unberührten Urwald. Soweit das Auge reichte - umfing uns - genau wie damals, eine undurchdringliche Vegetation.

Keine einladende Behausung. Nichts deutete auf eine Spur menschlichen Eingreifens.

„Womöglich gibt es noch Saurier?"

„Oh das fehlte uns noch, zum Glück sehe ich keine Spuren, welche diese Riesen hinterlassen würden", beruhigte er mich.

„Stell dir meinen Albtraum vor – das magische Gestein hätte uns noch vor dem Urknall ausgespien.

Was war vorher, bevor das Universum entstand?"

„Nichts – ganz einfach Nichts, denn die Zeit hatte ja noch nicht existiert bevor die Galaxie entstand. Sich ein Nichts vorzustellen ist uns ebenso unmöglich wie die Unendlichkeit".

„Wie sollten wir so die Zeit einschätzen und bestimmen?" Doch zuerst verharrte unser Blick auf dem gruseligen Höhlenschlund, der jedoch bereits seinen Schrecken für uns verloren hatte.

Doch ich wusste, dass sie ihre mystische Ausstrahlung nie ganz verlieren und einst als Baumannshöhle in die Geschichte eingehen würde."

„Nüchtern betrachtet, ist er nichts, als eine unscheinbare Filmkulisse. Die Kulisse für den Film mit uns, deren Ausgang noch nicht geschrieben und ungewiss über Triumpf oder Untergang entscheiden wird, das Spiel des Lebens!" murmelte ich versonnen und löste meine Augen

von dem Vergangenen - richtete sie in die Zukunft.
Entschlossen packte ich unsere armseligen Utensilien
zusammen und drängte zum Aufbruch.
Keiner kann nachvollziehen welche Mühsal es erfordert,
sich einen Weg durch den unberührten Urwald zu bahnen.
„Der Weg zurück, durch die Dörfer wird uns Aufklärung
bringen", bemerkte Günter.
Doch kein Dorf, noch einzelne Gehöfte, die uns zur Rast
einluden, kreuzten unseren Weg.
Wieder einmal fühlten wir uns allein auf der Welt, wie zu
früh wach geworden, während alle Anderen noch
schliefen. Oder wandelten wir jetzt jenseits der Welt, auf
einem parallel - Planeten auf dem es keine Menschen gab.

Die ersten menschlichen Wesen, die uns begegneten
waren Jäger wie wir, doch mit dem Unterschied, dass sie
nicht mit Patronen wie wir das Wild erlegten, sondern sich
mit Speeren abmühten.
Das aber barg den Nachteil, dass der kostbare Speer
verloren war, wenn das Tier nicht tödlich getroffen, die
Flucht ergriff.
Wir platzten in ein wildes Gerangel erboster Streithähne,
die sich laut schimpfend Luft verschafften.
„Du Versager, hast schon den dritten Speer verschossen,
verschwendest unsere wertvollen Schusswaffen, Idiot der
du bist." Hörten wir sie lauthals wüten.
Im Näherkommen erfassten wir die heikle Lage.
Sie hatten einen jungen Burschen bedrohlich in der Mangel

und prügelten wütend auf ihn ein.

„Aber – aber, wer wird denn gleich so drauflos prügeln, wollt ihr den armen Bengel umbringen? Haltet ein!" ließ Günter seine Stimme erschallen.

„Warum schießt ihr nicht mit Pfeil und Bogen, anstatt eure kostbaren Speere zu vergeuden?"

„Was mischt ihr euch ein, unwissender Fremder!"

„Ein läppischer Pfeil tötet allemal ein Kaninchen oder ein Rebhuhn auf der Stelle, müsstet ihr doch wissen, wir aber sind auf der Jagd nach fetten Wildschweinen und Hirschen, denn wisset, unsere Sippe die wir versorgen müssen ist groß!"

„Hasen und Jungwild, können unsere Weiber und kleinen Söhne mit Fallen selbst erlegen."

„Oh Mann, eine ganze Rotte Sauen mit Jungtieren, hat dieser Nichtsnutz mit seiner Unvernunft und Leichtfertigkeit verscheucht und drei Speere unnütz verschwendet – ich könnte ihm den Hals umdrehen!"

„Ah – ja ich verstehe, das ist sehr bedauerlich, aber kein Weltuntergang. Ich will euch keinesfalls maßregeln, doch nehmt meine Hilfe an, gestattet mir, euch bei der Jagd behilflich zu sein", bot er sich gutmütig an.

„Bah – die Jagd ist für heute gelaufen, wir werden mit leeren Händen vor unsere Frauen und Kindern treten, sie werden uns auslachen, oh welche Schmach!"

„Nur ruhig Blut Kumpels, morgen ist auch noch ein Tag", murmelte Günter einlenkend und klopfte dem aufgebrachten Jäger versöhnlich auf die Schulter.

„Wer seid ihr und wo kommt ihr her, dass ihr euch so altklug hervortut, was treibt ihr in unserem Revier?"
„Nun wie ihr seht, sind wir Durchreisende, auf dem langen Weg in unsere Heimat, in das ferne Riesengebirge."
„Ich dachte das Riesengebirge ist hier. Dort hinter den Hügeln gelangt man direkt bis in den Himmel, aber es ist nicht für uns zu erreichen, dort hausen Hexen und Teufel, die uns nach dem Leben trachten!"
„Nein – nein guter Mann, das hier ist der Harz!"
„Was sagst du, der Harz, ich verstehe dich kaum, was redest du so unverständliche Zungen?"

„Nun ja, wir kommen von weit her, von hinter den Bergen. Wir haben sie überwunden und leben noch. Die ganze Bande haben wir gesehen. Des Teufels Großmutter und die ganze Höllenbrut mussten wir überwinden, mit viel Tücke überlisten - mit dem Versprechen, Ihnen unser nächstes neugeborenes Töchterchen zu überlassen!"

„Hört – hört, er will uns weismachen, aus den Bergen zu kommen, Dummschwätzer der er ist. Kein Sterblicher kann in dieser grünen Hölle überleben, nur Hexen und Teufel, mit allen verdammten Seelen!" brauste er auf.

„So mögen wir verdammte Seelen sein, doch nun sind wir hier, aus Fleisch und Blut, wie ihr, auch wir hungern und frieren. Auch wir benötigen der Nahrung, Wärme und Unterkunft."

Jetzt maß er uns abwägend mit neu erwachtem Interesse. Ein anderer der Männer trat heran.

„Ihr kommt also aus dieser undurchdringlichen Hölle?"

„So erzählt uns, was habt ihr dort noch alles gesehen, Mann?"

„Nun, wie ich schon sagte, Hexen die auf Besenstielen ritten, Unholde und die ganze Satansbrut!"

„Wie nur konntet ihr diesem mordrünstigen Gezücht entkommen und wie kann ein so zartes Weib wie das Eure, solche Widernisse überstehen? Ein Weib gehört an das heimische Feuer und hütet die Kinder."

„Mein Weib gehört an meine Seit, sie geht jeden Weg mit mir, aber nun ist sie erschöpft und bedarf der Erholung", fügte er, mit einem liebevollen Blick auf mich, hinzu und schickte sich an, die Versammlung zu verlassen.

„Komm Liebes, hier sind wir nicht erwünscht."

„Halt – Mann, so bleibt doch. Wir werden hungernde

Verirrte nicht abweisen, doch müsst ihr uns erklären, wie ihr aeh – wie ihr diesem Geschmeiß dort oben, lebend entkommen konntet oder seid ihr gar welche von Ihnen?"

„Ha – sehen wir so aus wie…"

„Nun, der Teufel kann allerlei Gestalten annehmen und sich verwandeln."

„Soll das heißen ihr fürchtet uns?"

„Nun ja, ich muss zugeben, ihr seid uns nicht geheuer in eurem Erscheinungsbild", bemerkte er, von heftigem Nicken seiner Kumpane bestärkt.

„Zudem sind uns niemals menschliche Wesen in solch merkwürdigem Aufzug begegnet, wo sind eure Waffen, mit denen ihr jagd?"

„Unser Geheimnis und Vorteil besteht darin, dass unsere Waffen klein und unscheinbar erscheinen, doch viel wirksamer und tödlicher als eure schweren Lanzen und Speere sind. So konnten wir uns ihnen besser erwehren!"

„Mag die ganze Teufel und Hexenbrut auch listig und verdorben sein, so konnten wir sie mit noch mehr Tücke überlisten, - so hört, wie es uns gelungen ist sie zum Narren zu halten".

Ich hielt die Luft an und staunte, was mein Liebster nun zum Besten gab.

Er griff tief in die Mottenkiste der Märchen seiner Kindheit und schmückte seine Erfolge mit übertrieben formulierten Heldentaten aus. Worauf er zunächst, ungläubiges Staunen und nachfolgendes Gelächter - aufrichtige Zustimmung und Schulterklopfen erntete, während er verwegen in sich hinein grinste.

Der Bann war gebrochen.

„Ha, wie du sie hereingelegt hast, du bist schon ein gewieftes Kerlchen."

Sie schüttelten sich noch vor Lachen, als wir die Siedlung betraten.

„So einen Kerl wie dich, können wir allemal gebrauchen!" Beschlossen sie einstimmig.

„Wir kommen zwar mit leeren Händen, doch stattdessen haben wir Freunde mitgebracht. Hier seht, diese Beiden haben die Hölle und den Teufel besiegt, sie sind Helden, bewirtet sie gebührend!" polterte der Stammesführer ins Lager.

Ein Kreis von Neugierigen, hatte sich indes um uns gebildet, Kinder, Greise und ein aufmüpfiges Weibervolk, beäugte uns misstrauisch.

„Wie sollen wir sie gebührend bewirten, wenn unsere Vorräte geschrumpft sind?" zeterte eine stattliche Matrone, warf sich in die Brust und stemmte herausfordernd die Hände in die Hüften, während sie aus der Menge hervorgetreten war.

„Schweig Weib, du weißt nicht, was du redest, erkennst du nicht den Vorteil den sie für uns bedeuten? Jäger mit Zauberwaffen, furchtlos und unbesiegbar."

„Zudem ist mir bekannt, dass ihr in den Fallen hinter dem Lager, etliche Kaninchen und anderes Getier gefangen habt."

„Ich rieche doch, dass sie längst in der Kochgrube schmoren, was soll das Gezeter!"

Somit scheuchte er die verschreckten Weiber wie eine wilde Hühnerschar auf und wies uns augenzwinkernd einen Platz zwischen den ehrwürdigen Alten.

„Wir schätzten uns glücklich, euch als neue Mitglieder in unserer Mitte aufnehmen zu können", fügte er feierlich hinzu.

„Wir sind hier recht einsam, kaum einer verirrt sich in diese Wildnis am Ende der Welt", fuhr er fort.

Doch so bestärkte er uns in unserem Vorhaben, die Siedlung alsbald wieder zu verlassen, denn unser Ziel war ein Anderes.

Wir hockten uns unbehaglich auf die uns angewiesenen Plätze, doch Günter konnte sich nicht enthalten zu sagen: „Oh, zu viel der Aufmerksamkeit, die ihr uns entgegenbringt, meine Freund, doch wir wollen euren Frieden nicht stören. Gewährt uns ein bescheidenes Plätzchen zum verweilen, so werden wir ausgeruht und gesättigt unseres Weges ziehen."

„Ihr enttäuscht und kränkt mich. Ich dachte, aeh – nun ich glaubte echte Freunde in Euch gefunden zu haben", beklagte das Clanoberhaupt.

„Nun denn, so müssen wir wohl auf eure Gesellschaft verzichten, schade - schade!"

„Doch heute wird gefeiert, so mögt ihr euch noch eines Besseren besinnen." Sprach er weiter.

Wurden diese Worte auch nicht wirklich gesprochen, so waren sie doch sinngemäß in meinem Gedächtnis geblieben.

Stunden später im flackernden Schein des Feuers, gesättigt und in rührseliger Stimmung, drängte er Günter, noch einmal zur Belustigung der Stimmung, seine Heldentaten zum Besten zu geben. Was ihm ein besonderes Vergnügen bereitete.
Ich döste schläfrig in seinen Armen und hörte nur einen Teil der Fantasy Geschichte.
„Es ist tatsächlich so gewesen, zum Abend tanzen die Hexen mit dem Teufel und dessen Mischlingsbrut.
Des Nachts fliegen sie auf einem Besenstiel von einem Berg zum anderen um Unzucht zu treiben und ihre Brut zu vermehren. Sicher habt ihr sie schon über die Berge fliegen sehen."
„Oh je, das sind Hexen? wir glaubten bisher, es wären Raben!" bemerkte eine der Frauen schaudernd.
Die Nacht war mild, wir verzichteten auf ihr freundliches Angebot, in einen der Buschhütten zu nächtigen und zogen nur eine Decke über uns, um bei dem ersten Morgenlicht, wenn alle noch schliefen, unbemerkt aufbrechen zu können. Feige den Protest des Stammesführers vermeidend.

Wir zogen keinen Moment in Erwägung zu bleiben, denn jeder müßige Tag, war ein verlorener Tag.
Es zog uns weiter in unsere Heimat.

Ein längerer Verbleib erschien uns unter den Halbwilden, weis Gott nicht verlockend, denn wir hatten anderes im Sinn.
So nahmen wir den beschwerlichen Weg durch den wüsten Urwald wieder auf. Bald trafen wir auf weitere Behausungen, doch unser Sinn, stand nicht nach weiteren Bekanntschaften der Urbevölkerung.

Wir kannten die Strecke, dennoch war sie uns fremd, denn alles war so anders. Keine Straßen noch Wegweiser, zeigten uns die genaue Richtung.
Doch auch hier gab es Wege, wenn auch nur Trampelpfade, die uns nach Tagen und Wochen mühseliger, beschwerlich und ermüdender Strapazen, endlich aus dem Dickicht des ewigen Urwaldes, an den Harz - Rand führten.

So manche bedrohliche Situation, bei Begegnung anderer Jäger und Krieger meisternd. Befreit aufatmend, das armselige Leben gerettet und unbeschadet davon gekommen zu sein.

Mittlerweile waren wir geübt darin, weite Strecken zu Fuß zu bewältigen. So hatten wir bald einen guten Teil des Weges zurückgelegt.

Wir wussten ja, dass es all die uns bekannten Orte noch lange nicht gab, dennoch folgten wir der uns bekannten Route, immer tiefer in den Osten.

Die Berge, die sich nicht veränderten, wiesen uns weiterhin die Richtung. Wir zählten nicht mehr die Tage und Wochen, vertrauten auf die Jahreszeit.

Die spätsommerliche Wärme, die uns wohlgesonnen begleitete, während die Bauern vermutlich unter der Trockenheit stöhnten.

Nein ein Denkfehler, auch sie vermissten den Regen nicht, denn so konnten sie die Ernte trocken einbringen.

Wir sahen allerdings nur wenig Getreidefelder, im Wind sich wiegen oder waren sie längst schon abgemäht!

Auch vermissten wir Gespanne jeglicher Art. Wir sahen keine Pferde, noch einfache Karren des Weges ziehen, allenfalls zerlumpte Menschen, die ihre Last auf Ochsen geladen, mühselig dahin trotteten. Sie nach der Zeit zu fragen, ergab nur unverständliches Kopfschütteln.

Die Zeit zählte wenig für sie, einzig die aufeinander folgenden Jahreszeiten, der ewige Kampf, der Erde zum Sommerende eine erkägliche Ernte abzugewinnen und für den langen Winter in Sicherheit zu bringen.

Die Wenigen, die unseren Weg kreuzten, waren mürrisch und verschlossen, anhand der fehlenden Fahrzeuge, gingen wir davon aus, uns in einer noch früheren Zeit, als vermutet zu befinden.

Leider hielt die milde Witterung nicht länger an, Regen und Nebel erschwerten uns das Vorwärtskommen.

Oft konnten wir das schützende Zelt nur stundenweise verlassen, um es nach wenigen Meilen erneut wiederaufzubauen. Zum Glück gab es genügend vorhandene Plätzchen in der unberührten Wildnis, in der wir uns gut tarnen konnten.

Kapitel 6: Strafe und Segen

Noch immer lag eine weite Strecke vor uns. Nass bis auf die Haut, oft der Verzweiflung nahe, quälten wir uns mühsam voran.

Bis wir eines Tages nach monotonem, trostlosem Trotten durch strömenden Regen, nicht widerstehen konnten, ein am Weg liegendes Lager aufzusuchen - und freundlich zum Verweilen eingeladen wurden.

Wir machten den fatalen Fehler, ihr Angebot anzunehmen, und uns gutgläubig bei ihnen niederzulassen.

Wir waren am Ende unserer Kräfte, völlig ausgelaugt und vergaßen jede Vorsicht.

Erschöpft wärmten wir uns am Feuer und nahmen die uns gebotenen Speisen und ein trockenes Nachtlager, dankbar entgegen. Die muntere Gesellschaft belebte uns, gab uns Kraft und neuen Mut.

Zwei Tage und Nächte der Erholung gönnten wir uns.

Doch welch ein Schrecken und böses Erwachen erwartete uns am dritten Tag, als wir uns nach einem tiefen Erschöpfungsschlaf, alleine wiederfanden.

Unsere Gastgeber waren heimlich weitergezogen und mit ihnen unser gesamtes Gepäck, die Satteltaschen mit den Gewehren hingegen, die uns als Kopfstützen und Lehne dienten, waren uns geblieben.

Günter tobte vor Wut.

„So etwas macht keiner mit mir ungestraft - so ein

hinterhältiges Lumpenpack, das werden sie büßen", wetterte er mit zornrotem Gesicht. Er zerrte mit bebenden Fingern die Waffe aus der Satteltasche, und wandte sich, derbe Flüche ausstoßend um, und jagte in langen Sätzen, davon.

Augenblicklich sah ich mich allein auf weiter Flur.

Die notdürftig aus Buschwerk zusammengebaute Behausung, bot mir wenig Schutz vor der schneidenden Morgenkälte.

Doch in der Asche war noch Glut. Ich legte eilig zusammengetragenes Reisig nach und schürte das Feuer. Das nasse Gesträuch zischte und qualmte und drohte die letzte Glut zu ersticken.

Herrje, es muss mir doch gelingen, ein Feuer in Gang zu bringen. Endlich stoben die ersten Funken, ich blies mit vollen Backen und erweckte es schließlich zu neuem Leben. Ich rieb und wärmte meine eiskalten Finger, bis sie zu kribbeln begannen.

Ungeduldig stapfte ich hin und her. Hundert grässliche Bilder spulten sich in meinem Kopf ab.

Was wird aus mir, wenn er in einen Hinterhalt gerät.

Oh - je... Was soll ich alleine anfangen, alles verliert seinen Sinn. Mein Magen krampfte sich schmerzhaft zusammen, ein Gefühl der Hoffnungslosigkeit überfiel mich.

Stunde um Stunde verging.

Ich könnte den Spuren folgen und dann?

Von Ungewissheit und Sorge gepeinigt, vermochte ich nicht länger zu warten. Jedoch die Vernunft hielt mich zurück. Bald würde es wieder dunkel sein und ich wäre ohne jeglichen Schutz vor den Gefahren der Nacht.

Ach wenn ich doch nur ein Pferd hätte, könnte ich notgedrungen den Weg alleine fortsetzen, ging es mir durch den Kopf, als ich kaum wahrnehmbar, Schüsse aus weiter Ferne vernahm.

Ja ohne Zweifel waren das Schüsse, welche die tödliche Stille durchbrachen. Was hat das zu bedeuten?

Mittlerweile war es stockdunkel, nur der schwache Feuerschein erhellte die nahe Umgebung. Gespenstische Schatten tanzten um mich herum.

Die Zeit verging, meine Unruhe wurde unerträglich. Zwischen meinen Wanderungen, die mich trieben, hockte ich mich immer wieder vor das Feuer und wimmerte verzweifelt in meiner unsäglichen Einsamkeit.

Als ich nach endloser Zeit Geräusche und sich näherndes Gepolter vernahm.

Ich horchte auf, das waren nicht Schritte von einer Person, vielmehr klang es, als wären es Viele.

Was zum Kuckuck stürzte nun noch auf mich ein?

Hatten sie Günter womöglich ermordet und kamen nun zurück um sich meiner letzten Habe zu bemächtigen?

Schutzsuchend flüchtete ich mich hinter die Buschhütte und lauschte bibbernd vor Furcht.

„Ängstige dich nicht Liebste, ich bin es", erlöste mich die Stimme meines Liebsten. Diese befreienden Worte ließen mich in einen Jubelschrei ausbrechen.

„Alles wird nun gut Liebes", murmelte er beruhigend, als

ich ihm entgegenlief.

„Sieh nur was ich mitbringe, nicht nur unsere Rucksäcke mit dem Zelt, sondern einen kraftstrotzenden Ochsen, der fortan unser Gepäck befördern wird!"

Vor Freude und Erleichterung, stürzte ich mich in seine Arme.

Ich wollte nicht wissen was vorgefallen und wie er an das willkommene Tier gelangte. Nie habe ich danach gefragt.

Nun galt es nur noch die schwarze Nacht herum zu bringen, was uns vortrefflich gelang.

Der Weg der vor uns lag, erschien uns jetzt nicht mehr so lang.

Kapitel 7: Das Tal der Tränen

Bald schon sahen wir in der Ferne die lockenden Berge, die uns unserem Ziel näherbrachten.

So erreichten wir Tage später das Lager in dem wir einst die junge Rebecca zurückgelassen hatten.

Doch welch eine Enttäuschung, weder Rebecca noch sonst ein bekanntes Gesicht erwartete uns, denn wir trafen in eine frühere Zeit.

Keiner jedoch wusste uns aufzuklären, denn keiner hatte die Zeit gezählt, es existierten keine Aufzeichnungen oder Berichte und wenn, so waren sie nicht bis zu den verstreuten Stämmen in den abgelegenen Regionen, durchgedrungen.

Nun hatten wir zwar die Gewissheit, wie geplant in einen

früheren Zeitpunkt gelangt zu sein, doch welche
Zeitspanne dazwischenlag, blieb ungewiss.

„Sei es drum, es ist nicht von großem Belang, es zählt
allein, den Berg und somit die Höhle, den Zeitkanal
unversehrt vorzufinden", belehrte mich Günter
abwinkend.

„Welche genaue Zeit auch sein mag, so wird uns die Höhle
endlich in unsere Zeit befördern.

„Ach wenn es doch nur bald soweit wäre", seufzte ich
sehnsuchtsvoll, „was wird uns erwarten im Tal der
Tränen?"

Nun gab es kein Halten mehr. Von neuerweckter Hoffnung
beflügelt, strebten wir enthusiastisch unserem Ziel
entgegen.

Die Füße schmerzten, die feuchte Kleidung die uns am
Leibe klebte, ignorierten wir, alles war jetzt unwichtig.

Ein Jubelschrei der Befreiung löste sich aus unseren
Kehlen, als wir fern am Horizont den Berg - unseren Berg
zwischen den Anderen unversehrt ausmachten.

Unsere Euphorie war unbeschreiblich, als wir die schwarze
Öffnung der Höhle, wie wir sie kannten - vor der
böswilligen Zerstörung, nun erblickten.

Wir fielen uns überglücklich in die Arme zu einem
Freudentänzchen.

Alle Plagen und Strapazen waren augenblicklich vergessen.

„So hat die endlose Odyssee ein Ende", keuchte ich, unser
Glück kaum fassend.

Die letzten Meilen überwanden wir laufend wie

übermütige Kinder. Keuchend vor Ungeduld, als könnte der köstliche Anblick sich vor unserem Auge auflösen und wieder verschwinden.

Eine unbändige Erregung erfasste mich, legte sich schwer auf den Magen, das Atmen fiel mir schwer.

Nur noch ein paar hundert Meter gehen, den Hang erklimmen, die lockende Höhle, den Zeitkanal betreten und endlich in unsere Zeit eintauchen - Ruhe finden.

Endlich, endlich war es soweit.

„Oh Gott wir danken dir auf Knien", stammelten wir, ehrfürchtig.

Ein Schauer der Freude breitete sich in uns aus, ein Glückstaumel ergriff uns.

Berauscht senkten wir nun unseren Blick in das Tal, welches wir noch passieren mussten. War es schon bewohnt?

Doch alles war anders, als wir es kannten. Was um Himmelswillen war hier geschehen? Ungläubig starrten wir auf das Bild, das sich unseren Augen bot.

Überwältigt von Gefühlen, vergaßen wir jede Vorsicht, denn eine innere Stimme warnte mich, weiter zu gehen. Doch die Neugier war stärker. Hätten wir doch nur den Weg zur Höhle, unverzüglich eingeschlagen.

Wo vorher die armseligen Hütten standen, bedeckte ein riesiger Pavillon aus Glas die Fläche.

Die Hütten der Eingeborenen duckten sich versetzt hinter dem imposanten Glasgebilde.

Staunend hielten wir den Atem an. Noch konnten wir nicht

fassen und einordnen was wir sahen.

Augenblicklich jedoch, überkam uns ein böser Verdacht, denn im Näherkommen, erblickten wir - ihn - im Glashaus, zwischen Phiolen, Retorten und allerlei neumodischem Gerät.

Justin der übergeschnappte Greis, der ja längst im Grabe ruhte, empfing uns in der Blühte des Lebens, doch nicht als braver Landmann.

Denn dort thronte er wie ein König, nein vielmehr wie ein Gott, Justin – der sich mit Gott maß, der die Zeit stoppte und uns somit die Zukunft genommen hatte.

Justin der blonde Schönling, unser Wegbegleiter vieler Jahre, in seiner besten Zeit. Dort saß er, der sich selbst erhoben hatte, über das unwissende Volk.

Als mächtiger allwissender Gott, sah sich als Gott der Weisheit über seine Untertanen herrschend, die ihm hündisch ergeben waren. Wie wir bald erfahren sollten. Denn er war wirklich - greifbarer als der Weltengott Odin oder der Donnergott Thor - die noch keiner gesehen hatte. Eine maßlose Selbstüberschätzung, Blasphemie.

Vom Wahnsinn übermannt, schilderte er mir heroisch seine Passion, das unwissende Volk sich untertan zu machen, zu erleuchten und in eine blühende Zukunft führen zu wollen. Gleichwohl schwebte ihm vor, künstliches Leben zu erschaffen, um seinen hochtrabenden Plan vervollständigen zu können.

Doch ich greife voraus, denn das geschieht erst später. Wenn ich es nicht selbst gesehen hätte, ich würde es nicht glauben und als Spinnerei abtun.

Bewaffnete Soldaten, die aus dem Nichts aufgetauchten waren, versperrten uns den Zugang. Im Nu hatten sie uns umzingelt und versuchten uns mit ihren blitzenden Waffen in Schach zu halten - was den Zorn Günters heraufbeschwor.

„Hinfort mit euch, aus den Weg, wollt ihr uns etwa den Zugang versperren, Kerle!" bellte er grollend, zog seine Waffe und richtete sie drohend auf die Männer.

Sie lachten nicht etwa über die klobige Waffe ohne Spitze und Schneide, sie zuckten zusammen, denn sie kannten offensichtlich die tödlichen Schusswaffen und stoben nun unschlüssig auseinander.

„Was ist das für ein Lärm, wer wagt es mich zu stören" ertönte eine herrische Stimme hinter der Glastür, die nun von innen aufgestoßen wurde.

Der leibgewordene Justin in der Blüte seines Lebens.

Ein Moment der Stille folgte, bevor Justin, in ungläubigem Staunen zu stammeln begann.

„Ihr hier, verdammt nochmal, was treibt euch hierher, ist man denn nie sicher vor euch. Warum zum Teufel müsst ihr mich stören in dieser Zeit, gibt es nicht der Zeiten genug?"

„Ständig durchkreuzt der Kerl meine Pläne, doch jetzt bin ich am Zug. Packt diesen Satansbraten, der bringt nur Unheil. Aber du - Süße, kommst mir gerade gelegen!"

„Nun los ihr Angsthasen, ergreift ihn und befördert ihn umgehend in den Kerker, auf das er dort verrotte!" fügte er grimmig hinzu.

Günter schien das nicht sonderlich zu beeindrucken.
Er schüttelte mit einer einzigen kraftvollen Bewegung
seiner Arme, die Männer wie lästige Insekten ab, reckte
hochmütig sein Haupt und stapfte scheinbar ergeben,
dem Trupp voran, als sei er auf einer belanglosen
Besichtigung.

Wir hatten den Ernst der Lage unterschätzt, hielten es für
eine übertriebene Gefühlswallung, Justins.

„Geh nur Liebster", zwinkerte ich ihm aufmunternd zu.
Noch heute Nacht, wenn alle schlafen, werde ich dich
befreien, sendete ich ihm meine Gedanken, schließlich
kenne ich mich hier bestens aus. Ich weis wo sich der
Kerker befindet. Dennoch würgte mich der Anblick
meines entschwindenden Gatten erschütternd in der
Kehle. Als auch ich brutal gepackt und in den Innenraum
gezerrt wurde.

Eine unbändige Wut, baute sich in mir auf, ich wehrte mich
mit Krallen und Fäusten, was nur ein höhnisches Lachen
meines Peinigers hervorrief.

„Wie kannst du es wagen, uns derart zu erniedrigen und
über uns verfügen", fauchte ich außer mir und holte
erneut zu einer Ohrfeige aus.

„Was willst du noch von mir, du Scheusal?"
Unbeachtet meiner Reaktion, bemerkte er grinsend:
„Nun – dich brauche ich noch zu einem Experiment, ich
beabsichtige, aeh – also ich benötige deine Gene - deine
DNA, um daraus ein neues Leben zu schaffen!"

„Oh ich habe einen großen Plan, ihr werdet alle staunen!"
„Wenn ich mit dir fertig bin, kannst du gehen, doch allein,
denn dein Liebster wird das Sonnenlicht nie wieder sehen",
bekräftigte er seinen unumstößlichen Plan.
„Bah – du hast dich wohl in Jesus verwandelt und kannst
jetzt Tote zum Leben erwecken?" prustet ich verächtlich.
„Nein nicht Jesus, Gott bin ich, der Herrscher über Leben
und Tod", brüstete er sich mit irren Blicken.
„Ich erschaffe ein Ebenbild von dir, Sie aber, wird nur mich
lieben, denn sie wird niemals einen Günter von Elzen zu
sehen bekommen. Jetzt bin ich nur noch von dem einen
Gedanken beseelt!"
„Magst du dich hier auch zu einem Gott über das naive
Volk erheben, für mich bist und bleibst du ein
Aufschneider, ein Fantast. Verflucht seist du und der Tag,
an dem ich dich traf. Ach wäre ich dir doch nie begegnet!
Knirschte ich zwischen den Zähnen hervor.
„Genug jetzt Schätzchen, dir bleibt nichts anderes, als dich
zu fügen. Deine Ironie trifft mich nicht, du kannst mich
nicht mehr beleidigen, denn du hast die Macht über mich
verloren. Wenn ich nur dein Ebenbild erst erschaffen
habe!"
„Ha – du glaubst allen Ernstes daran, du armer Irrer,
kannst mich nur dauern", zischte ich höhnisch und begann
nun, neugierig geworden, den Raum zu inspizieren, der wie
eine Hexenküche anmutete.
Ich betastete staunend die Laborgeräte. Mit einem Satz
war er hinter mir.

„Finger weg von meinem Heiligtum", herrschte er mich an und schob mich ungestüm in den angrenzenden Raum.
Ein Lager, vollgestopft mit Utensilien aller Art. Zwischen Kartons und Gerümpel, war ein behaglicher Schlafplatz.
„Hier haust also der allmächtige Gott", rief ich spöttisch und maß ihn kopfschüttelnd.
„Na ja, es ist kein Palast, doch etwas Komfortableres habe ich zurzeit nicht zu bieten, denn das Herrenhaus wird noch gebaut!"
„Ah – ja, ein zweistöckiges Haus aus Stein, mit einer Feuerstelle unten in der Halle."
„Genau das schwebt mir vor, aber woher weißt du das?"
„Bisher stehen nur die Grundmauern aus Fels gebrochen, eine mühselige Schinderei, kannst du mir glauben.
Es bedarf noch sehr viel Mühen, es fertig zu stellen!"
„Doch nicht mit dir, werde ich im Obergeschoss Einzug halten Schätzchen, unsere Zeit war einmal, du kannst mir allemal als Sklavin dienen, wenn du es nicht vorziehst, wieder in deine Zeit zu entschwinden!"
„Bah – lieber nehme ich mit einer Eingeborenen - Hütte vorlieb, als mit dir unter einem Dach. Nun versperr mir nicht länger den Weg, lass mich auf der Stelle gehen sonst…"
„He – du bist nicht in der Lage große Sprüche zu klopfen. Hast du noch immer nicht begriffen, dass du mir auf Gedeih und Verderb ausgeliefert bist?"
„Zumindest so lange, bis ich habe was ich brauche, bis ich meine Experimente abgeschlossen habe. Dann bist du frei

und kannst gehen, wohin es dir beliebt – allein allerdings, ohne deinen Liebsten. Der bleibt für alle Zeit unter Verschluss - der wird mir nimmer mehr ins Handwerk pfuschen!" bekräftigte er.

„Aber Justin, warum lässt du uns nicht einfach gehen. Wir wollen doch nichts von dir. Wir möchten doch nur in unsere Zeit zurück", klagte ich und strich ihm vertraut über den Arm.

„Was schwafelst du da für einen Unsinn. Spar dir die Mühe, mich umzustimmen, meine Liebe zu dir ist erloschen, du hast mich zu oft enttäuscht!"

„Warum seid ihr denn eingedrungen in mein Reich. Warum irrt ihr ausgerechnet in dieser uralten Zeit herum. Gibt es nicht genug andere Zeiten. Reicht euch nicht eure Grafschaft im 19. und 20. Jahrhundert?"

„Ach Justin, es ist alles ganz anders, als du vermuten magst. So hör mich an und unterbrich mich nicht!"

„Robby unser Zeitenlenker, hat uns versehentlich in diese alte Zeit gebeamt. Wir irren so lange schon in dieser Zeit herum und haben nur den einen Wunsch, den Zeitkanal zu passieren!"

„Ja das mag wohl alles sein, doch ihr könntet zurück - kommen und mein großes Werk zunichtemachen, dieses Risiko gehe ich nicht ein!"

"Nun gut, ich gebe mich geschlagen, du sitz am längeren Hebel, so verfüge über mich, wenn du es nicht lassen kannst."

„So ist es recht Kleines", brummte er besänftigt.

„Richte dich hier ein, du findest alles was du benötigst, Wasser, Lebensmittel und einen weichen Schlafplatz, keine Bange, ich werde dich nicht belästigen heute, doch morgen ist unser großer Tag, dann…"

„Aber Justin, du machst mir Angst, was hast du mit mir vor? Ich weis noch immer nicht, was du genau von mir willst?"

„Ach nur eine Kleinigkeit brauche ich noch, um mein Werk zu beenden, winzige Zellen von dir, einige Pikser und vielleicht noch… Ach es wird dir gewiss nicht schaden, du bleibst unversehrt", fügte er vieldeutig hinzu.

Mir lief ein Schauer des Unbehagens über den Rücken.

„Oh Justin, lass uns doch wieder Freunde sein wie früher, erinnerst du dich nicht mehr an unsere schöne Zeit?"

Startete ich einen letzten Versuch, ihn umzustimmen.

„Die schöne Zeit gab es nur aus deiner Sicht, ich hingegen war stets nur ein Lückenbüßer, das dritte Rad am Wagen. Gegen deinen Herkules hatte ich nie eine Chance," bemerkte er verbittert, wendete sich abrupt um und schloss geräuschvoll die Tür hinter sich.

Ich hörte ihn den Riegel vorschieben und sah mich unversehens allein.

Schon wieder ist es mir geschehen, wie oft schon habe ich mich in einer ähnlichen Situation befunden!

Mein Kopf wollte zerspringen vor überkochendem Zorn.

In ohnmächtiger Wut, hämmerte ich an der Tür.

„Was erdreistest du dich, du Scheusal", brüllte ich, doch es nutzte mir nichts.

Wenn nicht heut, dann morgen oder übermorgen Liebster. Ich werde dich befreien. Es wird kommen der Tag der Rache, darauf kannst du dich verlassen, hielt ich telepathisch Zwiesprache mit meinem ebenfalls eingesperrten Liebsten und ergab mich notgedrungen in mein Los.

Hatte ich mich zunächst über das helle Licht in dem fensterlosen Lager gewundert, so erkannte ich schnell den Grund. Ein Generator war es – der den Strom spendete. An ihm waren unter anderem ein Eisschrank und ein Kocher angeschlossen, des weiteren fand ich Töpfe, Pfannen, Kaffee, Brot und diverse Lebensmittel in einem Regal, zur meiner Verfügung.

Er hatte sich gut eingerichtet, aus der neuen Zeit, mit Hilfe des Zeitkanals. Wie lange mag er hier wohl schon hausen? Was nutzt es mir, mich gegen ihn aufzulehnen? Dachte ich nach einer schlaflosen Nacht, als ich seine Schritte hörte. Mein künftiges Schicksal ist unabwendbar, war mir klar. Ich gab mich sanft und verständnisvoll, um alles Unangenehme rasch hinter mich zu bringen - um hernach frei zu sein, denn mein einziges Streben galt, meinen Gefährten zu befreien.

Ich fühlte mich unbehaglich in seinem Labor, als Versuchskaninchen zu fungieren, ließ dennoch alles geduldig über mich ergehen.

5 Tage wehrten seine Experimente. 5 Tage an denen er an mir herumdokterte, an mir klebte, nicht ohne Witz und

Spott, ganz der alte Stratege - mich in seine Überlegungen einbezog, mich aber nicht aus seinen Fängen ließ.

„Ich denke, ich habe jetzt alles was ich benötige, um in Ruhe die Kulturen anzusetzen. Wir sehen uns heute Abend wieder, wenn du magst", brummte er zerstreut, während ich zu einem letzten Versuch mit meiner größten Sorge, Gehör zu finden, ansetzte.
„Du hast also nun alles was du brauchst Justin, hab ein Herz und lass ihn frei!"
„Hast du Ihn immer noch nicht über – diesen aufgeblasenen, eingebildeten Schleimscheißer?"
„Nein niemals!" stieß ich leidenschaftlich hervor.
„So verschwinde aus meinem Reich", zischte er und stieß wutentbrannt die Tür auf.
„Geh - ich kann dich nicht mehr sehen, geh mir aus den Augen, verdammtes Weib!"
Die Kränkung traf mich tief, doch was war sie im Vergleich zu meinem Kummer, meinen Liebsten, noch immer eingesperrt im Kerker zu wissen. Ich war nun frei, doch zu welchem Preis.

Mein erster Weg in Freiheit, führte mich zu dem Verließ, doch mein Vorhaben, ihn zu befreien war aussichtslos.
20 bewaffnete Krieger lungerten vor der Bastille und maßen mich mit lüsternen Blicken und derben Sprüchen.
Seht nur, das Liebchen verlangt nach ihm, aber daraus wird nichts!"
„Mich kannst du haben." „Nein mich, komm in meine

Arme, ich werde es dir bestens besorgen", grölte ein Anderer, unter allgemeinem Gelächter. Sie erhoben sich und bauten sich rüpelhaft vor mir auf.

„Schert euch zum Teufel, Lumpenpack, stinkendes Gewürm, das ihr seid", spie ich angewidert hervor und entfernte mich wutbebend.

Was sollte ich tun, was anfangen mit meiner kostbaren Freiheit? Zunächst drängte es mich unwiderstehlich in meine Zeit.

Jahre waren sinnlos vergangen, Jahre voller Qualen, Verzweiflung und Entbehrungen am Rande des Erträglichen. Mit allen Fasern meines Seins, fieberte ich danach, wieder mit ihr zu verschmelzen, wieder eins zu werden mit ihr. Doch meine überstrapazierten Nerven würden es nicht genießen können, solange ich meinen Gefährten in der Gewalt unseres Widersachers wusste. Dennoch trieb es mich zu den Höhlen, in den Zeitkanal. Atemlos stapfte ich den Hang empor, konnte es nicht mehr erwarten in meine Zeit einzutauchen.

Dort war sie, direkt vor meinen Augen, tat sie sich unversehrt auf. Ich konnte mein Glück kaum fassen, nach so langer Zeit des Herumirrens, in einer falschen Zeit gefangen. Endlich würde ich sie betreten, nur ein paar Schritte noch...

„Oh Robby, ich bin wieder da", jauchzte ich vor übersprudelnden Gefühlen und hob den Blick zu dem einsamen Roboter - dem Zeitenlenker.

„Ich verzeihe dir deinen Fauxpas, wenn es dich noch gibt.
Geleite mich umgehend in meine Zeit, hörst du mich
Robby, mein alter Freund", rief ich mit bebender Stimme.
Das Tor schloss sich hinter mir, das schauerliche Gewinsel
der verdammten Seelen rührte mich nicht, meine
Ungeduld, die folgenden Minuten war kaum zu ertragen.
Endlich öffnete sich das Tor zur Ewigkeit.

Ich trat ins Freie...
Ein warmes unbeschreibliches Gefühl durchströmte mich.
Oh welch ein erhabener Moment. Erst wagte ich kaum zu
atmen, dann sog ich die Luft befreit, tief ein und stieß sie
mit einem Jubelschrei aus.
Was ich nun sah ergriff und beglückte mich zutiefst, meine
Augen saugten sich an dem Anblick fest.
Das Laub der Bäume im Hang hatte sich bereits gelichtet.
Durch einen Tränenschleier, sah ich – ich sah ihn wirklich
durch die Bäume schimmern, meinen geliebten Garten,
in dem stolz und lockend unsere Villa thronte.
Doch kein Schornstein rauchte, keiner würde mich
erwarten und liebevoll in die Arme schließen, mit den
Worten: Wo warst du nur so lange Liebste?
Ich lief – hüpfte den Hang hinunter zu unserem, solange
ersehnten Tal am Berge.
Das Tor stand offen, als würde ich erwartet.
Ein alter Mann, gebeugt vor Gram, fegte das Laub
zusammen. Nun verharrte er in seinem Tun, richtete sich
auf und blinzelte mir neugierig entgegen.

Jonny du bist da?" brach es aus mir heraus.

„Ja freilich, wo soll ich denn sonst sein!"

„Oh Jonny, endlich kann ich heimkehren, ach, es ist so viel geschehen, ich weis gar nicht womit ich beginnen soll."

„Komm mein Freund, komm ins Haus, setz dich zu mir, ich habe so viel zu berichten".

Mit den Worten:" Entsinnst du dich der grauenvollen Schandtat der - aeh - der schönen Xanthippe, die sich als Herrin der Welt sah. Als der Himmel sich verdunkelte und die Zeit verschwand, aber das war ja erst später. Sie war es die mich vernichten wollte, doch der Pfeil, der mir gegolten, traf nicht mich – er hat den jungen Wolfgang getötet".

„Das war so grauenvoll, dass es mich noch heute verstört…

„Ja das war es, denn ich sah, dass sie den Bogen wieder spannte, um einen weiteren Pfeil abzuschießen".

„Sie hatte mich entdeckt, hoch oben am Höhlentor. Auch der mordrünstige Räuberhauptmann hatte mich gesehen. Ich musste schnell handeln".

„So sah ich mich gezwungen, meinerseits eine Salve abzufeuern, um ihr schändliches Machwerk zu vereiteln. Ich musste sie außer Gefecht setzen, um in dem Hexenkessel noch mehr Blutvergießen zu verhindern und euer Leben zu retten".

„Ja – ich habe euch gerächt!"

„Der Räuberhauptmann, wie du ihn treffend nennst, war ein übler, listiger Bursche, doch er hat sich selbst gerichtet, später - aus Versehen - mit meiner Waffe, sollst du wissen.

Das jedoch ist unwesentlich, im Vergleich zu dem was uns noch fürchterliches bevorstand, denn…"

Ich redete, berichtete den weiteren Fortgang, nur unterbrochen von einer zweiten und dritten Kanne Kaffee, um meine inzwischen heiseren Stimme zu ölen.

Die Nacht senkte sich bereits.

Ich brauchte nur einen Schalter zu betätigen und - oh Wunder, helles Licht erfüllte augenblicklich den Raum.

Jonny lauschte ungläubig - erschüttert meinem Bericht, ohne mich zu unterbrechen, bis ich auf das fürchterliche Attentat Justins, der Zerstörung des Zeitkanals zu sprechen kam.

„Was sagt ihr da, den Zeitkanal hat er zerstört?" grollte er verächtlich, sich mit Mühe beherrschend und sprang wütend auf. Seine Hände ballten sich zu Fäusten.

Ich sah ihn erst erblassen, dann sein Gesicht sich rot verfärben unter seiner braunen Haut. Er hatte zwar bronzefarbene Haut, jedoch keine negroiden Züge.

Er erinnerte eher an ein Ägyptisches Gottessymbol, edel und erhaben. Keiner wusste woher er kam, am wenigsten er selber, als Günters Großvater ihn zu Kriegsende, halb verhungert aufgriff und mit ins Schloss brachte.

Er dankte es mit unbedingter, aufopfernder Treue, an seinem jungen Herrn, meinem Günter, den er sein Lebtag gewissenhaft umsorgte, als ergebener Diener und Leibwächter, einer Treue die bis zu seinem Tod dauern sollte. So konnte er die Tatsache, dass sein Schützling sich in der Gewalt seines Feindes befand, nicht ertragen.

Es konnte, durfte nicht sein. Alles in ihm sträubte sich, bei der Vorstellung, seinen jungen Herrn, wie er ihn auch mit fünfzig Jahren noch betitelte, zu verlieren.

„Dieser Kerl ist wie eine Seuche, die ausgerottet gehört", polterte er.

„Nun ja, doch dies alles wird erst geschehen in etwa 180 oder spätesten in 200 Jahren, keiner weis es genau".

Wir wissen, dass er es geschafft hat, besser gesagt, schaffen wird, wenn wir den Dingen ihren Lauf und Justin gewähren lassen.

„So mussten wir in eine frühere Zeit gelangen, um es zu verhindern", bekräftigte ich.

„Bei Gott, das muss fürwahr verhindert werden", erregte sich Jonny und begann Zornbebend, auf und ab zu gehen.

„Aber es geschieht doch nur, weil ihr in die alte Zeit eingedrungen seid", folgerte er.

„Aber wir sind doch ahnungslos in die Zeit geschlittert, was wussten wir denn - sag doch selbst, du warst doch dabei!"

„Hm - ja, wann sagtet ihr - wird das passieren?"

„Es passiert am Silvestermorgen, irgendwann vor 3000 Jahren."

„So ist es schon lange geschehen in dieser Zeit, hast du denn nichts bemerkt?"

„Nein, Silvester ist doch erst in 3 Monaten, also ist es noch gar nicht geschehen. Wenn ihr jetzt in eine noch frühere Zeit gelangt seid, gleichwohl müssen wir die Zerstörung der Höhle unbedingt verhindern, denn sie ist dann für alle Zeit zerstört und wir würden uns alle niemals begegnen!" Fügte er sinnend hinzu.

„Doch wenn ich recht verstehe, liegt noch eine Zeitspanne von 180 Jahren dazwischen, diese Zeit allerdings ist nur geschätzt, diese Zeit sollten wir überspringen!"

„Alles hängt nun von Robby ab, wir müssen ihn sorgfältig programmieren - ihm den genauen Zeitpunkt eingeben."

„Aber wir wissen doch nicht den genauen Zeitpunkt, denn keiner hat die Zeit vor Christus gezählt!" gab ich zu bedenken.

„Ach, das lass nur meine Sorge sein, ich werde den Robby hinlänglich bearbeiten. Doch zuvor gibt es erst etwas Dringlicheres zu erledigen."

„Ja du sagst es, oh wie martert es mich. Meinen Liebsten im tiefen Kerker zu wissen. Jeder vergehende Tag, ist eine Qual, nicht nur für ihn!"

„Wir müssen einen raffinierten Plan ausarbeiten, morgen oder übermorgen, doch nun bin ich erschöpft und ausgelaugt. Ach wie sehne ich mich nach einem erquickenden warmen Bad und meinem weichen Bett, ich glaube, ich werde zwei Tage durchschlafen."

Ich verschlief tatsächlich den folgenden Tag, die Sonne war schon hinter dem Berg versunken, als ich erwachte.
Jonny hatte mir Kartoffeln von dem heimischen Acker und wohl die letzten Bohnen und Tomaten aus dem Garten, sowie frische Brötchen und Eier auf die Treppe gestellt, doch von ihm selber fehlte jede Spur.
Ich genoss die lang ersehnten Annehmlichkeiten der neuen

Zeit. Die glucksende Kaffeemaschine klang wie Musik in meinen Ohren, vor dem Fernseher, verschlang ich die köstlichen warmen Brötchen genussvoll.

Die Heizung auf Knopfdruck erfüllte die Räume mit behaglicher Wärme.

Später machte ich mich bei beschwingter Musik, ausgiebig in der Küche zu schaffen.

Meine Güte, endlich Kartoffeln, wie lange hatte ich die goldenen Knollen, grüne Bohnen und die saftigen, roten Tomaten entbehren müssen. Das war meine Welt nach der ich so lange gefiebert hatte. Doch ein steter Druck im Magen, bestätigte mir, ich würde nicht länger bleiben können. Die Sorge um meinen Liebsten, ließ mir keine Ruhe und zog mich zurück in die unliebsame alte Zeit. Mein Gewissen plagte mich, den wunderbaren Luxus der Neuzeit allein auszukosten. Wie schön könnte all das sein, wenn…

Fieberhaft begann ich bald, alle erdenklichen Utensilien, die ich für nötig hielt, zusammen zu tragen. Schreibzeug, ein Buch, das ich solange schon lesen wollte, würde mir die Zeit versüßen - oh und einen Kalender.

Ein Abstecher in das Einkaufscenter des 21.Jahrhunderts stand noch an. Die Höhle, der Zeitkanal nur ein paar hundert Meter im Berg entfernt, beförderte mich wie gewohnt in die neue moderne Zeit.

Das ungewohnte Angebot in den Regalen, die Auswahl der Dinge, die ich zu tragen vermochte, gestaltete sich als schwierig. Vieles war verlockend, doch ich sah mich gezwungen, mich mit einem geringeren Teil all dessen zu begnügen. Kaffee, Brot, Deo, Shampoo, Feinkost haltbar eingeschweißt.

Batterien, oh ja, viele Batterien als Stromersatz für den Rekorder und die Taschenlampen, sowie Thermoskannen, so kann ich Günter, täglich mit frischem Kaffee und Tee versorgen. Oh – und Sämereien aller Art, man kann nie wissen wie lange wir dort...

Ach, wenn doch Jonny nur da wäre, dann könnte ich noch ein wenig Plastikgeschirr und Besteck mitnehmen.

Sei es drum, das alles läuft mir nicht weg. Was sorge ich mich um solche Nebensächlichkeiten, ich bin frei und kann jederzeit das Center wieder aufsuchen und mich zur genüge mit allem was es dort nicht gibt, neu einzudecken, überlegte ich.

Noch einmal setzte ich mich in die Küche und ließ meine Blicke über den Garten schweifen. Meinen geliebten Garten, der noch immer meine Handschrift trug.

Dort leuchteten große rote Äpfel im Baum, Günters Lieblingsäpfel, auch die sollte er kosten, sie würden ihm das Leben in der muffigen Gruft ein wenig versüßen.

Mit dem prall vollgestopften Rucksack auf dem Rücken, begab ich mich schließlich auf den Weg in die alte Zeit, nicht ohne vorher einen letzten bedauernden Blick auf mein geliebtes Reich zu werfen.

Gleich mit dem Eintritt in die andere Zeit, bemerkte ich schon von oben den Auffuhr. Die einstmals stolze Kampftruppe, kauerte niedergeschmettert, zu einem erbärmlichen Haufen zusammengetrieben am Boden.

Ich sah Justin zornbebend die Peitsche erheben und durch die Luft pfeifen.

„Was ist los hier, willst du die armen Kerle zu Tode prügeln!" ereiferte ich mich. Doch die Peitsche landete nur im Staub.

„Ihr vermaledeiten Hurensöhne!" brüllte er und warf den Prügel weit von sich.

„Sie haben ihren Dienst vernachlässigt und die Gefangenen entkommen lassen, sie hätten allemal den Tod verdient, aber ich kann das nicht ausführen."

„Auf mit euch, geht mir aus den Augen, bevor ich es mir anders überlege. Ich sollte euch in den Sumpf jagen, ihr Nichtsnutze", bellte er, mit sich überschlagender Stimme.

„Ihr wisst, was ich nun von euch verlange. Noch heute muss das Höhlentor verrammelt sein!" fügte er hinzu.

„Aber Justin - nein das könnt ihr nicht tun", rief ich erschüttert und brach in Tränen aus.

„Ach sieh an, mein Schätzchen ist also wiedergekommen, hattest wohl Sehnsucht nach mir?"

„Bah – nach dir bestimmt nicht, du Barbar, du weißt warum ich zurückgekommen bin!" zischte ich wütend.

"Nun, du kommst zu spät. Wie du siehst ist dein Liebster ausgeflogen. Den siehst du gewiss nicht wieder", ergänzte er spöttisch grinsend.

„Ich verstehe nicht, wie ist es ihm gelungen?"

„So frag die Memmen dort, die sich eine Kampftruppe nennen, ich selbst habe es nicht gesehen, angeblich hat eine wilde Schießerei stattgefunden."

„Vier meiner Männer hat es dahingerafft, die anderen haben sich kampflos ergeben, sieh dir nur den feigen Haufen an", wetterte er zornbebend.

„Noch kannst du gehen, wenn du nicht mit mir Vorlieb nehmen willst, du musst dich jetzt entscheiden, geh oder bleib für immer!"

„Du bildest dir ein, Herr über mich zu sein. Doch wisse, auch meine Zeit wird kommen - du wirst die Strafe für deine Schandtaten zu spüren bekommen."

„Ha - jetzt habe ich aber Angst, ich bibbere vor deinem Zorn, welche Macht hast du denn noch ohne deinen göttlichen Gemahl, der vor mir wie ein ängstliches Kaninchen geflohen ist. Nun - was ist? Jetzt fehlen dir die Worte!"

„Ja, ich gebe mich geschlagen, dennoch werde ich bleiben."

„Wie du meinst, mir soll es gleich sein. So sehe ich dich als die leibliche Mutter des Wesens, welches im Reagenzglas heranreift", grinste er.

„Du bist ein widerliches Scheusal. Wie konnte ich mich jemals auf dich einlassen", fauchte ich und wandte mich ab. Verwirrt irrte ich durch das Lager, ich musste allein sein, meine Gedanken ordnen und mich mit der neuen Situation anfreunden und abfinden.

Sämtliche Bewohner des Tales waren angehalten, seine plötzlichen Baupläne zu befolgen, ein jeder bekam seine Aufgabe zugeteilt. So nahm der Bau des Steinhauses ebenfalls seinen Fortgang und sah seiner Vollendung entgegen, ein unermüdliches Wirken, wie auf einer Großbaustelle. All das ließ mich an einen Pyramidenbau denken. Aus dem freien Volk, waren Arbeitssklaven geworden. Angesichts der Trostlosigkeit des Wartens, worauf auch immer, die jeglichem Sinn entbehrte, verfiel ich in Schwermut, zog mich in mein Schneckenhaus zurück und sprach nicht mehr.

Dicke Nebelschwaden legten sich wie ein Leichentuch über das Land. Täglich hörte ich das Hämmern der Truppe, die auf Befehl eines Wahnsinnigen, uns mehr und mehr in ein Gefängnis einbauten, das mich von der Welt trennte und aus dem zu gelangen, ich nicht mehr vermochte.
Bald fühlte ich mich lebendig begraben.
Hilflos verfolgte ich dem Verbau und somit dem Verschwinden des einzigen Zugangs zu meinem Leben. Glaubte ich zunächst, Justin würde sich mit einem stabilen Gittergerüst vor der Höhle zufriedengeben, so musste ich mit ansehen, wie das Höhlentor zugemauert und hinter einer undurchdringlichen Wand verschlossen wurde. Während Justin als strenger Baumeister akribisch den Fortgang bewachte.
„Warum um Himmelswillen tust du das, wovor willst du dich schützen. Was soll diese Festung. Was bereitet dir

solche Furcht. Wozu mauerst du dich selber ein, wenn dein größer Feind sich doch diesseits der Festung befindet?"

„Er könnte fliehen und gestärkt mit Waffen und einer Armee zurückkehren und mein Reich zerstören, nun ist diese Gefahr abgewendet, er kann mir nicht mehr schaden", bekräftigte er sein Handeln.

„Du bist wahnsinnig, leidest unter Verfolgungswahn, was kümmert uns dein irres Vorhaben, wir hegen doch nur den einzigen Wunsch in unserer Zeit friedlich zu leben!"

„Du zerstörst den Frieden, den normalen Lauf der Zeiten mit deinem Irrsinn, du gehörst eingesperrt... zudem versperrst du dir selber den Weg in die Zivilisation und kannst dich somit nicht mehr verjüngen!"

„Ach wenn es das ist, was dir Sorgen bereitet und dich Ängstigt, so kann ich dir versichern, dass ich einen anderen Weg aus dieser Zeit weis - ein kleines Fenster nur, welches man im Notfall vergrößern kann. Nur bin ich mir nicht sicher, ob das nicht die Büchse der Pandora sein könnte, in welcher Form auch immer. Also es könnten unvorhersehbare Folgen daraus erstehen", bekundete er vieldeutig.

„Du sprichst in Rätseln, bist total übergeschnappt in deinem Wahn, alles nach deinen Vorstellungen regeln zu können."

„Ich kann alles erreichen was mir vorschwebt", brüstete er sich, „denn ich habe bereits den Code für das ewige Leben geknackt. Den Schlüssel habe schon, ich muss nur noch die richtige Tür dazu finden. Mir fehlen noch einige wenige

Erleuchtungen, wenn du verstehst was ich meine … Hier Superhirn Düsentrieb", witzelte er und tippte sich an die Stirn. Ich sehe, du verstehst nichts von dem was ich dir verständlich zu machen versuche. Dein schönes Köpfchen ist mit anderen Dingen vollgestopft."

In Wahrheit geistern diese Fantastereien nur in seinem Kopf, doch Wahrheit und Utopie voneinander zu trennen, die Grenze des Möglichen, waren in seinem Kopf längst miteinander verwoben, aber dazwischen klaffte eine Riesenlücke.
„Ja ich gebe zu, mich zu beschäftigen, ganz banale Dinge, so zum Beispiel, wo ich den Winter verbringen werde, allmählich bin ich es leid in einem Kabuff, zwischen Gerümpel und Ersatzteilen zu hausen", schmollte ich.
„Oh ich tu was ich kann, damit meinem geschätzten Ehrengast, das ihm gebührende Gemach zuteil wird. Komm - komm nur, leg deine Bagage und Kümmernisse ab Ich werde dir zeigen was ich für dich ausersehen habe", säuselte er mit einem bedeutungsvollen Augenzwinkern. Er fasste mich um die Schulter, ganz der alte Gentleman und führte mich durch die Siedlung.
Zwischen den armseligen Hütten hindurch – sah ich das imposante Steinhaus, dessen Dach noch gedeckt wurde, am Ende des Dorfes aufragen.
Staunend verhielt ich meinen Schritt.
Das Dachmaterial, Schilf und Binsen sind vom See eurer Vorfahren, das dürfte dich heimisch stimmen. Du siehst,

ich habe keine Mühen gescheut", beantwortete er meine stummen Fragen.

Ein perfektes Haus, einzig in dieser Zeit, wie eine Gemisch aus Wehr und Burg anmutend, mit vielen Fenstern.

Fenster aus Glas, präsentierten sich meinen Augen.

„Oh wie schön, richtige Glasfenster", stammelte ich ergriffen. Ich konnte kaum glauben was ich sah.

„Wie hast du das nur geschafft, ist es denn nicht mühselig, ja fast unmöglich…"

„Na ja, es ist kein echtes Glas was du dort siehst. Ich selbst habe es erschaffen, in meiner Fabrik. Es ist nicht so klar wie Glas, aber es erweist sich als haltbarer und es ist biegsam. Ich kann es rollen wie Folie, allerdings ist es leicht brennbar. Was glaubst du woraus mein Labor besteht?"

„Das und vieles mehr. Du weißt doch, mein Genius ist unerschöpflich!"

„Wow, was erwartet mich noch alles, ich muss schon sagen, ich bin tief beeindruckt."

„Ja – ja, man tut was man kann", tat er die Angelegenheit bescheiden abwinkend, wie eine Nebensache ab.

„So lass uns nicht die Zeit vertrödeln, meine Zeit ist begrenzt. Komm weiter und schau was ich dir noch zu zeigen habe", drängte er und zog mich ungeduldig in den Rohbau.

Meine übertriebene Verwunderung war nicht echt, denn ich kannte das Haus bereits von unserem vorherigen Aufenthalt - weil ich dort viele Monate schon verbracht hatte.

„Was sagst du zu dem großen Kamin?" riss er mich aus meinen Gedanken. Ist alles zu deiner Zufriedenheit, Schätzchen? Ich denke, in ein paar Tagen schon, kannst du Einzug halten!"

„Du lässt den Anschein erwecken, dieses Haus wäre für mich erstanden. Doch ich weis für wen du es wirklich gebaut hast. Nun, da ich gezwungen bin hier zu verweilen, du hast mir ja den Ausgang aus dieser Zeit versperrt, so sehe ich es als Pflicht deinerseits, mir eine angemessene Bleibe anzubieten!"

„Ha – ha, du hast deine spitze Zunge bewahrt, ich jedoch sehe es anders!"

„Noch kannst du dich für mich entscheiden, nur ein Wort von dir und du allein bist meine Königin, die Herrscherin über mein Reich."

„Nein niemals, spar dir deine sülzigen Worte", begehrte ich auf, „niemals könnte ich über ein Volk von Sklaven gebieten!"

„Welch harte Worte, glaubst du etwa ich missbrauche sie als Sklaven. Sie sind Frei und erhalten nach Vollendung des Hauses einen angemessenen Lohn, bestehend aus nützlichen Waren wie Wolldecken, Töpfen und Geschirr, Windeln, Reis, Gebäck und allerlei Teigwaren wie Nudeln."

„Diese Dinge sind sehr begehrt, dafür schaffen sie gerne. Mir ist an einem zufriedenen, potenten Volk gelegen. Zudem erhalten sie Arzneien, alle sind gesund und vital", bekräftigte er nachdrücklich.

„Das wusste ich nicht", entgegnete ich kleinlaut. Ich

dachte… Nun allemal ist es sehr ehrenhaft von dir, dich so um dein Volk zu sorgen. Ich bin sehr beeindruckt, bei all deinen Schurkereien, hast du dir offensichtlich einen guten Kern bewahrt."

„Ja du sagst es, ich bin doch gar nicht so übel, also überleg dir deine Entscheidung, es gelangt dir nur zum Vorteil."

Noch bewohnte ich in seinem Glashaus die winzige Abstellkammer. Dort lebten wir nebeneinander her, ohne die geringste Bindung oder Vertrautheit meinerseits. Obgleich wir beide uns lebhaft einer erotischen, knisternden Episode, unseres Lebens entsannen. Einer Romanze voller zärtlichen Gefühlen. Welche sich jedoch schnell als Strohfeuer und den größten Fehler meinerseits erwies und alles nur denkbare Übel nach sich zog. Aus dem ich geläutert für alle Zeit hervorging.

Das Gewächshaus, sein Labor, in dem er nicht Pflanzen, sondern ein menschliches Wesen züchtete, war keineswegs aus Glas, sondern aus einem transparenten Kunststoff gefertigt ist. Wie hätte Justin auch so viel gläserne, sperrige Teile des zerbrechlichen Materials beschaffen können, er muss es eigenhändig, selbst in seiner Hexenküche - seiner Fabrik, wie er sie nannte, hergestellt haben. War er doch Meister seines Faches, ein Künstler- Ingenieur seiner Zeit „Daniel Düsentrieb", wie er sich selber schelmisch immer betitelt hatte.

Die Zeit wollte nicht vergehen.
„Ich muss die Fertigung vorantreiben und selbst Hand

anlegen. Ich sehe du bist unleidlich und unzufrieden. Ich habe mich mittlerweile wieder an dich und deine direkte Art gewöhnt. Ich kann eine vertraute Person, die ehrlich ihre Meinung kundtut, dringend gebrauchen", gestand er mir nach Tagen des ungeduldigen Wartens.

„Pack deinen Krempel zusammen, dein Einzug in den Palast steht unmittelbar bevor", eröffnete er mir schließlich und wartete eine Reaktion von mir nicht ab, ging ohne ein weiteres Wort davon.
Ich sah ihm sinnend nach. Was hatte ich schon zu packen, all meine Habe, passte in meinen geräumigen Rucksack. Wo ist Günter, warum sendet er mir kein Zeichen, wenn er noch lebt! Sollte auch er bei der Schießerei umgekommen sein? Ich hatte Justin mehrfach darauf angesprochen.
„Was soll das für eine Schießerei gewesen sein, diese Invasion von der du sprichst. Wer hat denn nun geschossen?"
„Günter kann es nicht gewesen sein, den habt ihr doch gründlich gefilzt."
„Das wüsste ich auch gern, doch bis heute habe ich keine Erklärung dafür", behauptete er kopfschüttelnd.
Ich zermartere mein Hirn und kam zu dem einzigen Schluss… das jedoch erschien mir zu wahnwitzig und dennoch… ein winziger Hoffnungsschimmer leuchtete auf und erlosch mit der Zeit des Wartens.
Was soll ich hier allein, wie sinnlos ist mein Dasein ohne ihn, werde ich ihn niemals wiedersehen?

Ratlos durchstreifte ich die Siedlung, nickte den Frauen, Kindern und Greisen, die mir begegneten, zerstreut lächelnd zu.

Nun sah ich alles mit anderen Augen, sah sie zufrieden ihr Tagwerk verrichten. Mein Blick richtete sich, wie jeden Tag auf den Berg – die Höhle, die nicht mehr erreichbar war – die nun zugemauert, mir den Weg versperrte.

Auch der gute Jonny, konnte mir nun nicht mehr aus meiner Isolation helfen, denn auch Jonny war verschwunden.

Konnte es nicht sein, dass er…

War er es, der meinen Günter und mit ihm die anderen Gefangenen, mit Waffengewalt befreit und zur Flucht verholfen hatte? im Glauben diesem Irrsinn ein schnelles Ende zu bereiten?

Doch der Irrsinn, wuchs sich zu einem hoffnungslosen Unterfangen ohne Ende aus.

Kapitel 8: Ein Hauch von Noblesse

Nun thronte ich in völliger Abgeschiedenheit in dem kalten
Neubau, der Vergessenheit ausgeliefert, der Willkür Justin
preisgegeben.
Die Zeit lief viel zu schnell und stand gleichsam still,
angesichts der Tatsachen, dass nichts Erfreuliches geschah.
Bis auf den Ruf der Trommeln der einen neuen Tag
einläutete und zur Nachtruhe verklang, geschah nichts was
mich berührte.

Dezember nach meiner Zeitrechnung.
Hatte ich nicht einen Kalender im Gepäck?
Dezember, ein verhasster Monat, der heidnischen
Menschen im Tal, die nicht von der weltbewegenden
Geburt des Christuskindes und den üppigen Festtagen des
Weihnachtmonats wussten. Eine trübe Zeit, welche die
Sonnenstrahlen sich kaum über den Berg erheben ließ.
Diese Nacht jedoch war nicht still, etwas geschah im
Schutze der Dunkelheit. War es zunächst nur ein
undefinierbares Getöse, so erwuchs es bald zu einem
ohrbetäubenden Donner. Nein kein Donnerschlag,
Gewehrschüsse und Schreie erschütterten die Nacht.

Der Tag der Befreiung und Rache war gekommen, mit
ihrem Einzug in das sichere Haus.

Wir müssen ihn in vollständige Sicherheit wiegen, bevor
wir losschlagen, war ihnen klar.

Oh sie wussten alles was im Lager geschah, glaubten sie und peilten nächtlich die Lage. Sie registrierten fassungslos, dass Vermauern des Höhlen Tores. Sie sahen den einzigen Weg in die Freiheit versperrt.

„Oh Herrgott, warum muss ich das alles erdulden, wofür hast du die Welt erschaffen, wenn sie nur aus Qual und Verzweiflung besteht", klagte Günter", am Rande der Beherrschung.

Sie hätten längst schon eingreifen können, doch sie wollten Carla aus der Schusslinie haben. Dieser Moment war nun gekommen. Sie glaubten mit der Zerstörung des Labors, auch Justin vernichtet zu haben!

Der jedoch war mit mir in die sichere Festung des unüberwindlichen Hauses gezogen, doch bei dem Lärm, überstürzt hinausgeeilt und hatte sich nun hilflos ergeben müssen. Nicht ohne vorher die Worte, die er soeben noch dachte, freizulassen: „Wie könnt ihr es wagen, ich allein bin der Gott, Herrscher über Leben und Tod, ihr dürft euch nicht erheben über mich". Doch er erntete nur ein spöttisches Gelächter.

Ich hörte seine dröhnende Stimme und schlug erschrocken die Augen auf, hatte ich nur geträumt?

Nun war er es, der statt Günter kurzerhand in den Kerker verfrachtete wurde und die Pein und Qual selbst erleben durfte. Es war ihm nicht möglich zu fliehen, denn er hatte sich seinen eigenen Weg in die Freiheit verbaut.

Sie lachten über ihn.

Das Heldentum, mit dem er sich brüstete, war zu einem

Witz verstümmelt, seine hochtrabenden Ideen seine perfekten Visionen zunichtegemacht.

Hätte er diesen verhassten Kerl, diesen Eindringling doch nur, seinem ersten Impuls folgend, gleich bei Eintritt in diese Zeit getötet.

Kapitel 9: Die Verbannung

Es ging nicht nur darum - Sie - zu befreien, denn der Weg in die Freiheit war verbaut. Vielmehr zählte nun das Zusammensein, die Stärke und Verbundenheit der Gemeinsamkeit! Doch vorrangig war das Ausschalten des Agitatoren Justin und dessen teuflischen Plan, einem künstlichen Wesen, Leben einzuhauchen, das galt es um jeden Preis zu verhindern – die Zerstörung des Labors – der Hexenküche.

„Dieses perfide Wesen darf niemals das Licht der Welt erblicken, Liebste, du weißt ja was sie uns angetan oder besser gesagt, antun wird!" bekräftigte Günter sein Vorhaben.

Eine Gewehrsalve sollte das Glasgebäude zersplittern - in tausend Scherben. Doch es zerbarst nicht, es glimmte und schmolz nur und ließ das vermeintliche Glas wie Spinnenweben zu einem Nichts zusammenschrumpfen. Staunend, doch erleichtert aufatmend, sahen wir auf die kläglichen Überreste.

Nun hatte der Wahnsinn ein Ende.

„Was auch immer er dort gezüchtet hat, wird nie zum Leben erwachen", bemerkte Günter heroisch.

Doch wir sollten uns irren...

Justins kostbare Züchtung, die längst schon Form angenommen hatte, gedieh weiter vortrefflich, denn er hatte - was keiner wusste, für den Fall eines zerstörerischen Überfalls, die Brut seiner Lieblingsgespielin, die ihm über den Tod hinaus bedingungslos ergeben, anvertraut. Eben jene war es, die unter das Dienstvolk geschmuggelt, regelmäßig Zugang zum Haus und somit auch zu Justins Gemach hatte.

Nur ein einziges Mal hatte ich es zufällig – ungewollt betreten und mich dabei recht unbehaglich gefühlt, denn dort erkannte ich dieselben Vorhänge als Raumteiler, wie in seiner späteren Hütte, wohinter er verborgen, seine geheimen Akten in einem Regal gestapelt hatte.

Sie war es auch, die mir täglich frische Ziegenmilch und Käse servierte und mich bei der Gelegenheit unauffällig doch eifersüchtig, musterte, was mir jedoch erst später aufging!

Wie konnten die Fremden sich anmaßen, Hand an den allmächtigen Herrn zu legen, eines wahren Gottes, zu dem alle Erdenbürger aufschauten, eines Gottes der jedem Zauber mächtig war?

Sie glaubte ihre Leibesfrucht im Liebesakt empfangen, welche durch einen Zauber in ein merkwürdiges Gefäß gehext, das nun gedieh und sich allmählich zu rühren begann. Nur, dass es nicht in ihrem Bauch heranwuchs und darum besonders Behütens wert war, in ihren Händen zu halten. Oh sie würde es hüten, es umsorgen und nicht aus den Augen lassen. Fasziniert betrachtete sie das winzige Wesen. Behutsam mit bebenden Fingern, strich sie sanft über die gläserne Wölbung, welche das göttliche Wunderwerk des Fötus umschloss, durchsichtig wie Eis, doch es fühlte sich warm an. So war es für den Laien, nur als winziges Molekül zu erkennen. Ein Hauch von Leben, doch schon Wochen später, wie ein winziges Vögelchen in der zerbrechlichen Schale, sichtbar sich bewegend.

Nun, sie würde es nicht unter Schmerzen gebären müssen, wenn es bereit war zu schlüpfen, wie ein Küken aus der Schale.

Nun musste sie es unbemerkt aus dem großen Steinhaus, in dem es nicht mehr sicher war, nachdem man den Herrn gewaltsam fortgeschafft, in ihre eigene Hütte schmuggeln, später würde sie es wärmen und hätscheln.

Sie bedeckte das Gefäß mit einem Tuch, lauschte auf die Geräusche im Haus und schlich auf leisen Sohlen an dem Gemach der neuen Herrin vorbei.

Da es im Haus an Türen mangelte, bemerkte ich sie gleich und wurde neugierig. Die übertriebene Vorsicht von ihr wechselte augenblicklich in geheuchelte Gleichgültigkeit, als sie mich bemerkte. Doch gerade das machte mich stutzig.

„Halt mein Liebchen, was trägst du davon, was versuchst du vor mir zu verbergen?"

„Oh Herrin, es ist die aeh – nun ja die Notdurft des Herrn die ich fortzuschaffen in Eile bin, ihr wollt es gar nicht sehen", stammelte sie verlegen, während sich ihr Gesicht rot verfärbte.

„Nein gewiss nicht", bestätigte ich zerstreut und nickte ihr aufmunternd zu.

Kapitel 10: Falsche Spuren

Wir hatten indessen alle Schlupfwinkel sorgfältig durchsucht, somit alle Waffen konfisziert und unter Verschluss genommen.

Natürlich nicht ohne vorher den kostbaren Generator in Sicherheit gebracht zu haben. So sahen wir keine unmittelbare Gefahr mehr von Justin ausgehen.

Es war uns nicht daran gelegen, ihn unnötig lange im Kerker darben zu lassen, der alten Zeiten willen, schließlich hatten wir Jahre zivilisiert unter einem Dach gelebt.

Aus den Resten der übrig gebliebenen Steine, ließ Günter unter seiner wachsamen Aufsicht, im Wald, wohl einen Kilometer entfernt, ein kleines behagliches Häuschen errichten. Worin Justin umgehend, notgedrungen Einzug hielt, nachdem wir sein Gemach im Haus, sein bisheriges Domizil, zum Teil ausgeräumt und seine Habe in den kleinen Neubau geschafft hatten.

„Dort kann er sich einrichten und über seine hochtrabenden Spinnereien, sein falsches Heldentum, Gott spielen zu wollen, nachdenken. Wenn er uns nur nicht mehr über den Weg läuft. Doch war er nicht schon immer ein Genie?" ergänzte Günter.

So verdrängten wir seine Anwesenheit und vergaßen ihn bald, denn die Sorgen um unsere Zukunft beschäftigten uns viel mehr, als ein Störenfried, dem alle Macht genommen, doch was wäre wenn?

Die bequeme Scheuklappenideologie und Kaffeesatzleserei in die man alles hineininterpretieren konnte, war hier nicht angebracht.

Frust – das schmerzhafte, gallige Gefühl, versagt zu haben, zudem die Ohnmacht nicht die geringste Chance zu haben, uns bedrückte.

Meine Güte, wir wollten doch nichts anderes, als aus dieser Zeit gelangen, aus einer Zeit, in der noch lange keine Steinhäuser üblich waren, nur Hütten aus Lehm und Geäst gezimmert.

Eine Siedlung dieser Zeit, mutete eher an wie ein vergessenes Eingeborenendorf im tiefsten Urwald Afrikas, einen Ort zu dem noch keine zivilisierten Menschen vorgedrungen waren. Mit dem Unterschied, dass die Bürger dieser Zeit nicht nackt liefen, oh sie würden erfrieren. Im selben Atemzug muss ich richtigstellen, dass unsere Siedlungsbewohner weitgehend von der Rückständigkeit ausgenommen waren, denn alle hatten von der Fortschrittlichkeit zu kosten bekommen.

Eine künstliche, trügerische Welt war hier entstanden, durch Justins eingreifen. Eine Welt die sich jedoch bald wieder normalisieren würde, dann, wenn auch wir sie verlassen hatten... So würden sie später ohne allmächtige Götter, die aus der Zukunft herabschweben, auskommen. Doch diese Götter waren nun ihrer Macht enthoben, wandelten heimlich grollend zwischen den anderen niederen Erdenbürgern. Sehnsüchtig den Blick zu den verschlossenen Höhlen erhebend.

Derzeit jedoch ist er unüberwindbar, der Zeitkanal somit nicht erreichbar, wieder einmal schien die verfluchte Zeit stehen geblieben. Doch sie stand nicht still.

Mühselig plagten wir uns, den Winter zu überstehen. Brennholz musste beschafft, Nahrungsmittel eingeteilt werden, dazu gehörte die Jagd nach Wild. Ein ständiger Kampf um das Überleben.

Justin hingegen frohlockte in seinem aufgezwungenen Exil, hämisch in sich hinein grinsend. Sich seiner letzten Rache erfreuend. Wenn auch er Einschränkungen hinnehmen musste, so hatte er doch für Verzweiflung, Elend und Hilflosigkeit seiner Widersacher gesorgt.

Seine Wahnsinnstat war so ungeheuerlich, dass er es selbst kaum fassen konnte. Für seine letzte Schandtat, sie zu quälen, hatte er sich einer raffinierten List bedient.

Ein besonderes Material zusammengemengt, verband eine Mischung aus verschiedenen Kunststoffen und Stahl, welches sich völlig unsichtbar mit dem Vorhandenen verbindet und keinen Rand erkennen lässt. Ein Material jedoch, das sich mit den Jahren selber auflöst, nun ja, wohl erst in 8 oder 10 Jahren. Sonne, Wind und Wetter sorgen dafür, dass es eines Tages vollständig verschwindet, als hätte es diese Barriere niemals gegeben.

Ha – sie wissen es nicht, können es ja gar nicht wissen. Ich kann warten, was sind schon 8 Jahre, ich bin gut versorgt. Mein Liebchen besucht mich täglich und versorgt mich mit allem was ein Mann so braucht, so habe ich

genügend Muße, einen neuen Plan zu ersinnen, wie ich sie loswerden kann. Sie dauern mich fast ein wenig mit ihren vergeblichen Versuchen, aus dieser Zeit zu entkommen. Ich weis alles was im Lager geschieht, alles wird mir heimlich zugetragen von meinen Treuergebenen.
Zudem besitze ich ein gutes Fernglas, mit dem ich sie beobachten kann, doch mein besonderes Augenmerk, richtet sich auf -Sie- die auch in Lumpen ihren Reiz und ihre Würde nicht eingebüßt hat, mich aber noch immer verschmäht! Doch sie wird ihre Überheblichkeit bald verlieren und dem Wahnsinn nahe, mich anflehen, dann jedoch will ich sie nicht mehr! Dann ist es zu spät, ich werde kein Erbarmen zeigen, oder?
Doch bis dahin habe ich eine zerstörerische, alles vernichtende Bombe gefertigt, die das Haus, mein Haus in Schutt und Asche zerbersten wird... Die Rache ist mein und wird furchtbar sein.

Noch keiner hatte seine verborgene Werkstatt entdeckt, seine kleine Fabrik, in einer Felsengrotte in der er ungestört werkeln konnte. Oh ja, er hatte genügend Zerstreuung um seinen unerschöpflichen Tatendrang und Erfindergeist, genügend auszuleben. Ebenso diente es ihm als geheimes Lager, in dem er auch die umfangreichen Reserven hortete. Für sein Wohlbefinden hatte er eine besondere Frau ausgewählt, nicht die Tochter des früheren Stammesführers, wie von ihm erwartet, sondern die reizvollste unter den meist unscheinbaren Weibern, welche ihn ausnahmslos anhimmelten.

Nun ja, auch sie entsprach nicht seinen Vorstellungen von einem rassigen Weib, doch er konnte sie nach seinen Vorstellungen formen.

Er – der schöne Adonis, dem alle Weiber verträumt nachschauten, der Herr, der die Eine auserkoren hatte, ihm als Liebesdienerin Lust zu verschaffen und die ihm ergeben diente.

Kapitel 11: Fenster zum Jenseits

Der elende Winter wollte kein Ende nehmen.

Wir fühlten uns mittlerweile wie die Steinzeitmenschen.

Die kümmerlichen Überbleibsel meines großen Einkaufs in der anderen Welt, waren längst aufgebraucht.

So konnte es nicht weitergehen, es musste etwas geschehen, doch was sollten wir tun?

Günter war mit den Männern zur Jagd aufgebrochen, sie werden nicht mit leeren Händen zurückkommen.

Fleisch, immer nur Fleisch, oftmals trocken und zäh, ohne Beilagen, kaum herunter zu bringen.

Wo hatte Justin die vielen Konserven, von denen ich wusste, gehortet und verborgen?

Justin der übergeschnappte Greis, der ja längst im Grabe ruhte, empfing uns in der Blühte des Lebens, doch nicht als braver Landmann.

Ich sollte in endlich aufsuchen – keiner würde davon erfahren. Das jedoch wäre einem Bittgesuch gleich.

Doch ich konnte mich nicht überwinden, diesen letzten Schritt zu gehen, mein Stolz verbat es mir.

Stattdessen machte ich mich, wie fast täglich auf die Suche nach der geheimnisvollen Öffnung im Berge, von der Justin gesprochen hatte. Sollte das womöglich die winzige Öffnung am Fuße des Berges sein, vor der ich so oft schon sinnend gestanden? Sie war so winzig, ein Spalt nur, unmöglich in sie einzudringen! Es muss noch einen anderen Zugang geben.

Ungelenk zunächst, kraxelte ich im Felsen. Kämpfte mich höher und höher. Entfernte mich immer weiter von dem ursprünglichen Aufstieg, einem Stieg - den ich noch nie betreten. Längst hatte ich eine schwindelerregende Höhe erreicht. Schroffe Felsen, nackt und schwer passierbar.

Oh je, wie sollte ich jemals wieder hinab gelangen. Schaudernd sah ich in die furchteinflößende Tiefe.

Nur noch ein paar Meter und ich hätte den Gipfel erreicht. Ich keuchte vor Anstrengung, diesmal würde ich nicht aufgeben, den Gipfel erklimmen und endlich die andere Seite sehen. Womöglich konnte ich von dort über den Rand der Welt blicken, dachte ich albern grinsend.

Doch was war das dort? Klaffte da nicht ein Loch im Gestein, unübersehbar und wirklich, mutete es an, wie ein Fenster- ein Kirchenfenster im Berge. Wo führt es hin?

In die Freiheit oder direkt in den Himmel! Meine Güte, die Höhenluft lässt mir die merkwürdigsten Dinge erscheinen, wie das Fenster im Fels dort über mir.

Ich mobilisierte meine letzten Kraftreserven. Sollte das unsere langersehnte Rettung sein? So würde ich es gewiss nicht versäumen, es aus der Nähe zu betrachten.

Oh lieber Gott, habe ein Einsehen mit uns und bereite unseren Qualen ein Ende.

Mittlerweile geübt im Klettern, überwand ich auch noch die letzten Hindernisse. Steine lösten sich und purzelten in die Tiefe, na und, ich war am Ziel angelangt und spähte hoffnungsvoll in die düstere Öffnung. Doch sie war nicht düster, sondern gleißend hell. Vielmehr aber, war sie wie von einer undurchdringlichen, aber durchsichtigen Substanz verschlossen. Einer Barriere, einem Hindernis wie aus Glas.

Doch was ich dahinter sah, ließ mir das Blut in den Adern gefrieren und gleichsam zum Kochen bringen.
War es auch nur ein Fensterbild, so konnte ich doch klar erkennen, dass sich dahinter etwas bewegte.
Doch das konnte nicht sein – ich muss den Verstand verloren haben. Ein Höhenspuk, ein Phantom, Auswuchs meiner Fantasie. Ein Trugbild, erwachsen aus Erschöpfung.

Ungläubig riss ich die Augen auf, doch die Erscheinung blieb.

Ich sah – oh mein Gott – jetzt streckte er die Hände nach mir aus – unser verlorenes Söhnchen. Mein Herzblut, mein über alles geliebtes Schätzchen, das einst unter mysteriösen Umständen aus der Zeit gefallen war und seitdem zwischen den Welten vegetierte.

Ich hörte ihn verzweifelnd schreien, oder bildete ich mir das nur ein!

„Mama, oh liebste Mama, so befrei mich doch endlich, ich warte so lange schon."

Mein Herz pochte bis zum Halse. Dem Wahnsinn nahe, hämmerte ich wie irre an die Blockade, doch sie gab nicht nach. Wenn ich doch nur einen Eispickel hätte, dachte ich verzweifelt.

Eine düstre Wolke schob sich vor die Sonne, der Himmel verdunkelte sich. Ich hatte Zeit und Raum vergessen, gleich würde mich schwarze Nacht umhüllen. Ich konnte nichts mehr ausrichten und musste mich notgedrungen an den Abstieg machen. Mein letzter Blick umfasste den einsamen Knaben, nahm ihn in mir auf.

„Oh ich komme wieder mein kleines Schätzchen, ich werde dich holen!"

Mit zittrigen Gliedern, kämpfte ich mich in die Tiefe.

Ich weis nicht mehr wie es mir gelang, die gefährliche Kletterpartie, unbeschadet zu bewältigen. In meinem Kopf wirbelte alles durcheinander. Bald glaubte ich einem Trugbild erlegen zu sein.

Ich musste erst eine Nacht darüber schlafen, um das unglaubliche Geschehen verarbeiten zu können, ehe ich Günter davon erzähle. Denn er würde mich für übergeschnappt halten oder gar selbst dem Wahnsinn verfallen und in seinem Übereifer verrückt Dinge tun.

In meiner Verwirrung achtete ich die letzten Höhenmeter nicht mehr auf den Weg, verfehlte einen Trittstein und stürzte zu guter Letzt doch noch ab.

Ich holte mir blutige Knie und verknackste mir den Knöchel, ein stechender Schmerz durchfuhr mich.

Ärgerlich über meine Unachtsamkeit, versuchte ich sogleich, mich aufzurappeln, doch es war mir nicht möglich auch nur einen Schritt zu gehen.

„Verdammt auch das noch", jammerte ich, indes der Schein einer Taschenlampe mich erfasste.

Günter, der bereits in großer Sorge um meinen Verbleib war, hatte sich längst auf die Suche nach mir aufgemacht und fand mich am Fuße des Berges kauernd.

„Siehst was deine Alleingänge dir bringen", brummte er rügend, doch seine Augen streichelten mich liebevoll, während sich seine starken Arme um mich schlossen.

Ich seufzte erleichtert auf und nickte reuevoll, doch ich schwieg, konnte das Unfassbare nicht herausbringen.

Zur Untätigkeit gezwungen, saß ich wie auf heißen Kohlen. Der Alltagstrott mit seinen ewigen Sorgen, nahm mich wieder auf.

Wir versuchten schon bei Tagesanbruch unsere desolate

Situation zu ignorieren. Es mangelte uns schon an gewissen Kleinigkeiten, wie Toilettenpapier, Kaffee und Brötchen, der Morgenzeitung, so nicht zuletzt an jeglicher medialen Berichterstattung. Doch was sollte das Geschehen, in der realen Welt uns kümmern, von der wir getrennt und abgeschnitten waren, das hier und heute zählte viel mehr!

Der Schnee fiel und verwandelte das morastige Lager in eine bizarre Märchenwelt, doch wir konnten uns nicht daran erfreuen. Zu sehr lastete der Druck der Ohnmächtigkeit auf uns.

Ein Morgen wie jeder andere.
Günter war schon früh aus dem Hause gegangen, ich vermutete ihn auf Krankenvisite.
Ein laues Lüftchen kündete das Winterende an.
Die ersten Frühlingsboten, beflügelten mich zu einem ersten zaghaften Spaziergang. Mein erster Blick richtet sich wie immer auf die Höhe.
Ich suche die kleine Höhlenöffnung - das Fenster hoch im Berge, auszumachen. Die Sehnsucht nach dem Söhnchen war unerträglich, nichts vermochte mich jetzt noch zu hindern. Doch dieses Mal würde ich nicht unvorbereitet wie der Ochs vor dem Berge stehen.
Ich muss Jonny einweihen, er würde mich auf meiner nächsten Expedition begleiten. Im selben Moment sah ich ihn aufgeregt um die Hausecke kommen. Mit langen Schritten eilte er mir entgegen. Völlig aufgewühlt und händeringend. Seine Miene sagte nichts Gutes.

„Jonny, was ist geschehen, so rede doch!"

„Gräfin, ihr müsst ihm Einhalt gebieten. Er bringt sich noch um den Verstand. Seht, dort oben wütet er. Stunde um Stunde, jeden Tag." Er wies in die Höhe, dorthin wo sich unsere Höhle, der einstige Zeitkanal befand.

„Kommt Gräfin, ihr müsst ihn zur Vernunft bringen, auf mich hört er nicht."

Erschrocken gewahrte ich nun die einsame Gestalt im Felsen und folgte Jonny so schnell es mir möglich war.

Mit jedem Schritt sah ich es deutlicher. Mein Liebster hatte offensichtlich den Verstand verloren. Verbissen hämmerte er in ohnmächtigem Zorn auf die steinerne Barriere ein, ohne auch nur eine winzige Öffnung zu erlangen.

Schweiß färbte sein Hemd dunkel.

Keuchend, mit Wut verzerrtem Gesicht, erschöpfte er sich, biss die Kräfte erlahmten und hatte doch nichts erreicht.

Mir war längst seine ständige Müdigkeit und Abgespanntheit aufgefallen, doch ich konnte mir bisher keinen Reim darauf machen. Nun war mir alles klar.

„Günter – Liebster gib auf, siehst du denn nicht, dass es aussichtslos ist", rief ich im Näherkommen.

Er zuckte zusammen und maß mich mit bösen Blicken.

„Ach, was du nicht sagst, ich werde die verdammte Mauer schon durchdringen. Wenn nicht heute, dann morgen", keuchte er und ließ seine Spitzhacke für einen Moment sinken.

„Lass mich meine Arbeit machen. Ich muss tun was getan werden muss und stör mich nicht", knurrte er und hieb von neuem auf den Felsen ein. So blieb uns nichts, als uns schulterzuckend und ein wenig beleidigt zu entfernen.

„Es hat keinen Sinn, ihn aufhalten zu wollen".

Ich hingegen hatte anderes im Kopf. Während des Abstiegs, berichtete ich Jonny lebhaft in groben Zügen, von meiner Entdeckung hoch oben im Berge, dem Fenster zu einer anderen Sphäre.

„Was sagt ihr da, eine weitere Höhle hier in diesem Berg?"

„Ja freilich bin ich dabei". Ermutigte er mich voller Eifer.

„Aber der junge Graf – sollte er nicht auch…"

Wir schauten uns noch einmal um, zu dem einsamen Mann über uns, der sich nicht abfinden konnte.

Er sah uns nachdenklich hinterher, bevor er in seinem Tun fortfuhr. Das bestärkte mich in meinem Entschluss, vorerst Stillschweigen zu bewahren.

„Nein unmöglich, ihn einzuweihen, wir müssen die Angelegenheit mit Bedacht angehen. Er würde kopflos ausflippen, wie die Axt im Walde. Du kennst ihn doch, er glaubt, wenn nötig alles mit Gewalt richten zu müssen!"

Nun, da ich mein Geheimnis mit einer vertrauten Person geteilt hatte, war ich befreit von einem Teil meiner Sorgen. Jonny würde mir beistehen, alles Nötige in Angriff nehmen und richten.

Es mussten Vorbereitungen getroffen werden, passendes Werkzeug, ein Seil für den Notfall und vieles mehr, mit auf den Weg genommen werden. Drei Tage würde er benötigen. Drei Tage voller Euphorie und Zweifel - in drei Tagen sollte es gelingen.

Abends erst sah ich meinen Liebsten wieder,
kopfschüttelnd nahm ich ihn in Empfang.
„Du verausgabst dich unnötig. Dein Unterfangen ist
sinnlos, es führt zu nichts", tadelte ich ihn.
„Soll ich denn tatenlos zusehen, wie uns die Zeit verrinnt?"
brauste er auf.
„Ach Liebster, ich weis ja das du nicht anders kannst, aber
du musst doch selber einsehen, dass es zu nichts führt.
Du kannst nicht mehr abschalten und die Seele baumeln
lassen, hast keinen Blick mehr für die wunderbare Natur.
Siehst nicht wie alles um dich herum zu neuem Leben
erwacht und zu sprießen beginnt!"
„Versprich mir, das du morgen wieder deine gegebene
Beschäftigung aufnimmst. Den Dienst an den Kranken und
Gebrechlichen, die du sträflich vernachlässigt hast!"
„Aber ich kann doch nicht kapitulieren!"
„Nein wir werden gewiss nicht kapitulieren, noch ist nicht
aller Tage Abend, wir werden schon einen Weg finden."

Günter, mein Lebensgefährte, schon eine halbe Ewigkeit.
Ich kann mich kaum erinnern, eine Zeit ohne und vor ihm
gelebt zu haben. Seit nun mehr als 230 Jahren ist er ein Teil
von mir.
„Wenn unsere Ewigkeit nicht mehr lebenswert ist, dann
sollte sie enden... Nun scheint diese Zeit zu nahen",
hörte ich ihn grummeln und erschrak.
Ich hatte ein schlechtes Gewissen, ihm nicht die Wahrheit
gesagt zu haben, doch ich musste erst selber Klarheit

finden, soweit das überhaupt möglich war.
Nun fieberte und bangte ich zugleich, dem großen
Moment entgegen.

Mit Kletterausrüstung und diversen Werkzeugen begaben
wir uns auf die Kletterpartie, hoch in den Berg.
Wie erwartet, fand ich das Söhnchen in Ungeduld,
gleichwohl unerreichbar auf mich wartend.
„Ach Gottchen, welch ein erbarmungswürdiger Anblick.
„Es wäre ja gelacht, könnten wir ihn nicht aus seiner
desolaten Lage befreien", murmelte Jonny ergriffen und
hämmerte mit gezielten Hieben der Spitzhacke, eine
Öffnung an den Rand des durchscheinenden Hindernisses.

Unerklärliche Turbolenzen strömten uns augenblicklich
entgegen, beherrschten den gesamten Komplex.
Durchwirbelten pfeifend wie ein Orkan, einen Wirrwarr
von Gestalten, die sich urplötzlich aus dem Rahmen lösten
und zu uns drängten. Eine Invasion von Bildern, unwirklich
und beängstigend, schleuderte alles zu einem einzigen
Chaos durcheinander. Wie ein ablaufender Film, deren
Gestalten aus dem Celluloid springen und sich
selbstständig machen.
Ich schnappte keuchend nach Luft, unfähig einen klaren
Gedanken zu fassen. Das Grauen hatte mich gepackt.
„Robbys spezielle Funktion scheint durcheinander geraten
zu sein", schnaubte Jonny verwirrt.
„Ich fürchtete viel mehr, dieser Teil unterliegt nicht mehr
seinem Einflussbereich".

„Seht doch nur diese Gestalten, sie erscheinen wie aus verschiedenen Jahrhunderten. Fürwahr ein Phänomen und mittendrin der Knabe, euer Söhnchen!"

Doch er wurde von den Größeren, rüpelhaft verdrängt, verlor sich in dem Getümmel, konnte sich nicht behaupten und entschwand schließlich unseren Blicken.

„Was hat das alles zu bedeuten, was sind hier für dunkle satanische Mächte im Spiel, ein Synonym des Unbegreiflichen. Sie führen uns ins Verderben. Wir müssen schnellstens die Lücke wieder schließen und fort von hier Gräfin", bestimmte Jonny in heller Aufregung.

„Noch haben sie uns nicht gesehen!"

„Aber der Junge, wo ist er nur hingeraten?"

„Was ist das hier, eine Zwischenwelt? Wenn nicht gar die Hölle. Aber womit hat das unschuldige Kindchen die Hölle verdient?" keuchte ich erschüttert.

„Der Junge - Gräfin, der ist doch nicht wirklich, er lebt in einer anderen Ebene, einer Scheinwelt, um nicht zu sagen, im Jenseits. Wie es sich mir deutet, existiert hier kein Anfang und kein Ende!"

„Oh Heiland, wir werden die Toten nicht zum Leben erwecken. So helft mir die Lücke wieder zu verschließen, ehe ein Unheil geschieht! Hier, spannt die merkwürdige Folie stramm". Schon hatte er Nägel und Hammer parat, während ich die klaffende Lücke zuzog, nagelte er sie mit enormer Kraftanstrengung, gekonnt wieder zu.

Schweißperlen tropften in seine Augen.

„Uff, das wäre geschafft", japste er außer Atem.

„Aber der Junge?" wimmerte ich händeringend.

„Es tut mir ja sehr leid um eurer Söhnchen, wie hieß er noch gleich?" fragte er gespielt beiläufig.

„Justin", brachte ich kaum hörbar heraus.

„Wie – was – Justin, aber – ich wusste ja gar nicht, das ihr einen Ableger von dem verwerflichen Justin – aeh, ich meine das aeh…" begann er verstört zu stottern.

„Oh nein, so ist das nicht, klein Justin ist Günters Sohn, den Namen hat er in melancholischer Stimmung in Erinnerung und dem Andenken an den so früh verstorbenen Justin erhalten, im Gedenken an meinen einstigen Freund."

„Ach Gott, ich wusste ja damals nicht, wie oft er mir noch begegnen. Mich mit List und Tücke bedrängen. Mich manipulieren, demütigen und zu seinem willenlosen Opfer erniedrigen würde!" stammelte ich und brach in Tränen aus.

„Oh weint nicht, das kann ich nicht ertragen, das ist er nicht wert."

„Ja er hat euch übel mitgespielt und tut es noch immer. Er ist ein Monster. Ihr hättet ihn im Kerker verfaulen lassen sollen. Nun kommt, grämt euch nicht länger, wir können eh nichts ändern, wir müssen uns abfinden!"

„Uns abfinden? Nein niemals", rief ich leidenschaftlich heftig den Kopf schüttelnd.

All die Mühe war vergebens… Doch ich wollte, konnte nicht aufgeben, ich muss erst zu klaren Gedanken gelangen und ein wenig Gras über das unglaubliche Geschehen, wachsen lassen.

Kapitel 12: Fluch oder Magie

Sommer und Herbst vergingen im Trott der Monotonie, des ewigen Kampfes, um das Überleben in der alten Zeit.
Ein weiteres Jahr war sinnlos vertan.
Wieder einmal galt es einen trostlosen Winter zu überstehen, diesmal hatten wir weitsichtiger vorgesorgt.
Den Beutel Kartoffeln aus meinem letzten Einkauf, hatte ich dem Erdreich anvertraut, in der Hoffnung, sie zu vermehren. Meine Mühe hatte sich gelohnt.
Im nächsten Jahr werden wir die vierfache Menge ernten können, überlegte ich.
Meine Güte, ich plane schon für die Zukunft, habe ich mich etwa schon damit abgefunden, in dieser vorsintflutlichen Zeit, mein Leben zu vertrödeln?
Nein gewiss nicht, aber man muss das Beste aus unserem unfreiwilligen Aufenthalt machen, rechtfertigte ich mich vor mir selber, während ich die kostbaren Erdäpfel sorgsam verstaute.
Günter war wie jeden Tag auf Krankenvisite. Ich hoffte dass er die unsinnigen Versuche, die Mauer zu durchbrechen aufgegeben hatte.
Justin hatte ich seit seiner Verbannung nicht mehr gesehen, was trieb er nur die ganze Zeit?
Vermutlich heckte er längst eine neue Teufelei aus.
Sollte ich mich nicht mit einem Fernglas bewaffnet in die Büsche vor seinem Domizil schleichen?

Der Gedanke ließ mir keine Ruhe. Zaghaft machte ich mich auf den Weg. Der erste Schnee war getaut. Die Sonne täuschte und ließ einen spätherbstlichen Tag anmuten. Ich näherte mich vorsichtig dem Platz, den ich ja von früher, oder besser gesagt, von später kannte und setzte das Glas an die Augen.

Was ich nun sah, war so skurril, dass ich verwundert nach Luft schnappte. Ich riss die Augen auf und starrte ungläubig auf die Szene die sich mit bot.

Ich sah Justin übermütig wie ein Schulbub durch die Büsche hüpfen. Auf seinen Schultern trug er ein kleines Mädchen, zart und winzig, doch quicklebendig zappelnd und vor Vergnügen jauchzend. Die kleinen Fingerchen in die Mähne seines Reittieres Justin, gekrallt. Ein reizender Anblick fürwahr.

Ehe meine Augen dieses Paradoxon mit wachen Sinnen erfassten, wollte ich, einem jähen Impuls folgend, spontan zu ihm eilen, um das entzückende, goldige Wesen, besser in Augenschein zu nehmen.

Ich besann mich jedoch rechtzeitig und verharrte ungeduldig in meinem Versteck. Oh - je, nun ist es doch geschehen, alles würde seinen Lauf nehmen. So würde es nicht ausbleiben, dass dieses kleine engelhafte Wesen, mangels fehlender Erziehung zu einem Monster mutieren würde.

Angesichts dieser Ungeheuerlichkeit, bebte ich vor Zorn und überkochenden Gefühlen. Aufgewühlt bis ins Mark, wendete ich mich um.

Was hatten wir nicht alles versucht, dieses drohende Unheil zu vereiteln, wussten wir doch zu gut, wohin das alles führen würde. Nun war es zu spät, das Kind existierte. Auf meinem Weg zurück ins Lager, versuchte ich meine wirren Emotionen zu ordnen.

Wie würde Günter reagieren, wenn er davon erfuhr?

Nun ja, er würde wüten und ausflippen, doch ändern konnte auch er nichts. Das Kind war bereits in den Brunnen gefallen.

Zunächst war er sprachlos, doch schon bald entlud sich, wie von mir vermutetet, ein Donnerwetter, er wütete und tobte in unbändigem Zorn, bedachte Justin mit übelsten Schimpfworten.

„Dieser Satansbraten zerstört unser Leben. Er musste schon immer gegen den Wind pinkeln".

Ich hatte große Mühe ihn wieder halbwegs zu beruhigen.

„Dieses Kind durfte nicht sein, es muss verschwinden", grollte er und raufte sich die Haare.

„Wie willst du es verschwinden lassen?"

„Nun – wir werde es ihm fortnehmen und dann..."

„Ja glaubst er würde sich sein Lieblingsspielzeug fortnehmen lassen? Er wird sich rächen!"

„Ach der, sag doch selbst, ist das Kind nicht eher ein Teil von dir, dein Klon in allen Facetten".

„Du meinst, wir sollten es bei uns aufnehmen. Meinst du das wirklich? Ich fasse es nicht, hast du denn alles vergessen was geschehen wird?" fauchte ich außer mir.

„Sie hat mich getötet im vorigen Leben, aus Hass und

Eifersucht und Geltungstrieb. Sie war nicht nur moralisch verkommen. Sie war eine eiskalte, berechnende Hexe und hat sich selbst als Göttin, als Herrin der Welt gesehen!"

„Ja das war sie wohl, aber hätte sie nicht deine Charaktereigenschaften haben müssen?"

„Oh du nimmst dich für sie ein, hast du denn nichts begriffen? Ah – ich verstehe, schließlich warst du ja der Liebhaber dieser Sex und machthungrigen Nymphomanin", grollte ich zornbebend.

„Aber du weist doch, dass ich permanent unter Drogen stand", rechtfertigte er sich verdrossen.

„Ha – und wer hat dich unter Drogen gesetzt? - Sie - Sie hat mir so viel Leid und Kummer beschert. Fast hätte sie es geschafft, uns zu entzweien, hast du, dass alles vergessen?"

„Ich muss gestehen, das habe ich wohl verdrängt", bemerkte er kleinlaut. Doch nichts dergleichen wird je wieder geschehen, wenn sie in unserer liebevollen, fürsorglichen Obhut aufwächst", lenkte er ein.

„Nein, unmöglich, schlag dir diesen wahnwitzigen Gedanken aus dem Kopf, denn der Verlust meines Söhnchens, schmerzt mich viel mehr. Wie könnte ich sie an seiner statt eintauschen? Ach, wenn ich ihn doch nur wieder bei mir hätte!"

„Oh Liebste, ich wusste ja nicht, dass dich der Verlust des Kleinen noch immer so schmerzt. Verzeih mir, wie konnte ich nur so etwas Dummes von mir geben und diese unmögliche Herausforderung von dir verlangen!"

„Ich verstehe mich selber nicht mehr. Komm mein Schätzchen, du allein bist mein Liebstes, mein einzig Sehnen. Komm in meine Arme, an mein Herz, nichts wird uns je wieder auseinanderbringen", murmelte er versöhnlich und zog mich zärtlich in seine Arme.

Kapitel 13: Spur aus dem Jenseits

Frühling und Sommer zogen ins Land.
Trotz der anfallenden Arbeiten die mir oblagen, fand ich
keine Ruhe. Es trieb mich unwiderstehlich erneut auf den
Berg, wo ich meinen kleinen Liebling wusste.
Wenn ich ihn nur sehen kann, dachte ich, doch ihn nur
hinter der undurchdringlichen Blockade sehen zu können,
war mir noch unerträglicher.
Jedoch das Hindernis zu zerstören, wagte ich nicht, es
würde unabsehbare Folgen heraufbeschwören.
So versuchte ich, wenigstens eine Kommunikation mit dem
Kleinen zu erreichen. Er erwartete mich schon
Mit brennenden Augen stieß er die Worte hervor:
„Ich hasse dich, du hast mich verstoßen!"
Ich fuhr erschreckt zurück.
„Aber nein mein Schätzchen, das darfst du nicht denken,
ich habe dich so unsagbar lieb", brachte ich bebend
hervor.
„So befrei mich doch endlich und hol mich wieder zu dir.
Ich warte so lange schon!"
Die gleichen Worte hatte ich schon einmal gehört, seitdem
trommelten sie in meinem Kopf.
Hörte ich diesen flehenden Ausruf wirklich, oder gaukelte
es meine überspannte Fantasie, mir nur vor.
Wie gerne würde ich ihn holen, doch damit würde ich auch
all die anderen Schattengestalten, die wie er, keine Ruhe

finden, zum Leben erwecken und ein unvorstellbares Chaos anrichten.

Unschlüssig starrte ich durch das Fenster ins Jenseits, unfähig einen klaren Gedanken zu fassen.

Denn ich sah nicht nur ihn. Schemenhaft gewahrte ich hinter ihm wüste furchteinflößende Gestalten sich bewegen, all die verlorenen Seelen.

Mein Gott, waren das alles Untote, die wie auch immer in diese Zeitlose Zwischenwelt geraten und schon eine Ewigkeit auf ihre Befreiung warten?

Es wäre ein leichtes die Barriere zu durchbrechen, doch warum haben sie es nicht schon selbst versucht?

In der Höhe hoch oben im Berge, wo mir der Wind um die Ohren pfiff, war es mir, als hörte ich ein plötzliches Donnergrollen, es klang wie Kanonenfeuer aus der Ferne oder viel mehr wie Gewehrschüsse.

Ach – sicher waren es nur Schießübungen auf dem Exerzierplatz, von Jonny angeführt, oder schallte es gar durch die Wand aus dem Jenseits?

Morgen und jeden folgenden Tag werde ich wieder kommen, irgendwann treffe ich meinen kleinen Schatz alleine an, dann…

Ich muss Günter endlich einweihen. Allein wird es mir nicht gelingen, überlegte ich und trat notgedrungen, doch zuversichtlich den Rückweg an.

Alles ist möglich, alles wird sich zum Guten wenden.

Geteiltes Leid ist halbes Leid, ich muss nur bereit sein es zu teilen.

Doch ich brachte es nicht über mich, verschob es immer weiter, etwas Düsteres hielt mich davon ab.

So konnte ich noch träumen und mir alles schön fantasieren, denn ich hatte Angst vor der brutalen Erkenntnis, plötzlich vor einem nicht wieder kittbaren Scherbenhaufen zu stehen. Zudem war ich durch ein unvorhersehbares Geschehen, in meiner Abwesenheit, abgelenkt. Ein wilder Aufruhr erwartete mich, alles lief durcheinander.

Der friedliche Platz, den ich vor meinem Aufstieg verlassen hatte, war nun von Geschrei und wild gestikulierenden Einwohnern gefüllt.

Ein Menschenpulk hatte sich zu einem Kreis um etwas, das ich noch nicht sehen konnte, gebildet.

„So gebt endlich Ruhe Leute, besinnt euch, es ist vorbei, alles isst noch einmal gut gegangen, doch ich vermisse meine Gattin. Wir müssen sie suchen. Sie werden ihr doch nichts angetan haben?" hörte ich die Stimme meines Günters, laut über den Platz, das Wort erheben.

Verwundert näherte ich mich dem Getümmel.

„Ich bin unversehrt mein Gatte", meldete ich mich zurück. Doch was ist hier geschehen". Ich sah wie er ruckartig den Kopf wendete. Ein Leuchten erhellte sein Gesicht.

„Oh Liebste, dass du nur da bist", murmelte er erlöst und eilte mir mit ausgestreckten Armen entgegen.

„Wo warst du nur, ich dachte schon dir wäre etwas Fürchterliches zugestoßen!"

Während jetzt aller Augen sich auf mich richteten, zog er

mich behände aus dem Gewühl.

„Komm Liebste, das ist kein Anblick für dich."

„Doch nun vermisse ich noch den Jonny. Er ist es, den wir noch finden müssen", rief er an die aufgebrachten Bürger gewandt.

„Du siehst mich in heller Aufregung und Sorge. Stell dir vor, man hat es gewagt uns zu überfallen. Eine wüste Bande, sie stürmten aus dem Nichts. Mit Speeren und Pfeilen bewaffnet, glaubten sie uns niedermetzeln zu können!"

„Letzte Woche erst, habe ich den Enkel des Stammesführers, drei Dörfer weiter, verarztet und vor einer bösen Sepsis bewahrt. Der Alte hat mir überschwänglich auf Knien gedankt, doch im selben Atemzug, einen teuflischen Plan ausgeheckt!" Nachdem er sich heuchlerisch nach deinem Wohlergehen erkundigt hat. Vermutlich hatten sie die Absicht, dich zu entführen um ein saftiges Lösegeld zu erpressen, doch da sie dich nicht finden konnten, ist ihr verwegener Plan aus dem Ruder gelaufen."

Der gute Turmwärter hat dran glauben müssen. Sie haben ihn auf seiner Warte erwischt, nachdem er noch Alarm geben konnte. Jonny war rechtzeitig zur Stelle, feuerte mit einer gezielten Ladung auf die Abtrünnigen. Ach – Liebste, nun fürchte ich, er hat den Angriff nicht überlebt", fügte Günter niedergeschlagen hinzu.

„So hat der Jonny uns mal wieder aus der Patsche errettet. Das also waren die Schüsse, die ich gehört habe, aber wo sind sie jetzt?"

„Nun – unsere Leute waren nicht untätig und haben sie alle, also die Leichname, auf einen Haufen geworfen, ich hoffe wir haben sie alle erwischt!"

„Oh war das ein mörderisches Getümmel mir beben noch immer die Knie. Schau dich nicht um, das ist kein Anblick für die Augen einer Frau", ergänzte er und bugsierte mich über den Platz, in die Geborgenheit des Hauses, um mich sogleich wieder zu verlassen.

„Ruh dich aus Liebste, ich sehe dich völlig erschöpft."

„Und wenn, so werde ich dich jetzt nicht allein lassen. Ich hätte doch keine Ruhe, solange wir den Jonny nicht gefunden haben, setzte ich hitzig entgegen und griff nach seiner Hand. Der Tumult hatte sich indessen gelegt. Nachdem die Männer zunächst unschlüssig um den Leichenberg herumstanden, begannen sie nun eine tiefe Grube auszuheben.

„So ist es recht", bekräftigte Günter ihren Eifer.

„Verbuddelt das mordrünstige Gesochse. Je tiefer desto besser. Es darf keine Spur mehr von ihnen bleiben!"

Hand in Hand machten wir uns nun auf die Suche nach unserem treuen Diener.
Akribisch durchsuchten wir jeden Busch, bis wir ihn schließlich hinter einem Dornengestrüpp liegend fanden. Ein Pfeil steckte in seiner Brust.

„Oh - je, der Arme hat sein Leben ausgehaucht", wisperte ich mit bebender Stimme.

„Er atmet noch, wir müssen ihn schnellstens in meine

Praxis schaffen. Vielleicht kann ich ihn noch retten",
murmelte Günter hitzig.

„Der Pfeil hat das Herz verfehlt, aber er steckt fest und er
hat viel Blut verloren."

Ich sah dicke Tränen, Günters Wangen benetzen.

„Mein Freund und Weggefährte so vieler Jahre. Ich werde
dich nicht gehen lassen", brummte er niedergeschlagen
und barg ihn sachte wie ein Kind in seinen Armen.

„Erst mein Sohn und nun auch noch mein getreuer Diener.
Verflucht - verflucht sei Justin und seine teuflischen
Machenschaften. Er allein hat uns, dass alles beschert!"
fauchte er keuchend vor Anstrengung, als er den schlaffen
Körper des Freundes hob.

Jonny war mehr tot als lebendig. Günter bot sein ganzes
Können auf, um ihn wieder ins Leben zu holen.

Alles was zu sagen, ich mir auf dem Abstieg zurechtgelegt
hatte, war in den Hintergrund verdrängt, war jetzt
unwichtig - denn nun galt meine größte Sorge einzig dem
Überleben des Schwerverletzten und der aufopfernden
Pflege, die meine ganze Hingabe erforderte.

Mangels erforderlicher Medikamente, währte die
Erholungsphase unseres Patienten endlos, wie es mir
erschien.

Dieses eingreifende Ereignis warf seine Schatten voraus.
Alles war nun anders. Dass zupackende, hilfreiche
Auftreten, die stete Fürsorge, die praktischen Ratschläge in
allen Lebenslagen unseres zuverlässigen Getreuen, fehlten
an allen Ecken. Denn er war es - der vorausschauend,

umsichtig jeden neuen Tag selbstlos, unerschütterlich für uns ordnete.

Eine düstere, lähmende Atmosphäre umgab uns.

Wir verständigten uns nur im Flüsterton, denn Jonnys Leben hing lange Zeit am seidenen Faden. Besorgt lauschte ich seinen Atemzügen. Keiner sprach aus, was geschehen könnte. Doch es schwebte permanent im Raum.

Jonny war ein angenehmer Patient, er klagte und jammerte nicht.

Nie zuvor war er mir so nahe, mir als hilfloses Wesen anvertraut, da er immer seine eigenen Räumlichkeiten bewohnte.

Unter normalen Umständen, hinge er jetzt am Tropf mit einer lebensrettenden Nährlösung verbunden.

So aber oblag es mir, ihm die lebenserhaltende Flüssigkeit behutsam einzuflößen.

Ich hatte es mir zur Gewohnheit gemacht, zu ihm zu reden, als könnte er mich verstehen. So redete ich mir alles, was mich bedrückte von der Seele. Gelegentlich schlug er die Augen auf und musterte mich versonnen.

Gerade wollte ich mich abwenden, denn viel Arbeit wartete auf mich, so erschrak ich, als er plötzlich zu sprechen begann.

„Dieses Kind darf nicht sein, es wird nur Unglück bringen!"

„Oh Jonny, du bist wach, hast es überstanden?"

Ich klopfte hastig sein Kissen auf und beugte mich freudig erregt über ihn.

„Du sprichst von einem Kind, aber woher weißt du? ..."

„Ach jeder weis davon", grummelte er und schaute mich
mit klaren Augen an.

„Du weißt also von dem kleinen Mädchen?" fragte ich
fassungslos, „hast du es auch gesehen?"

„Ja freilich, oder glaubst du ich wäre senil?"

„Alle wissen von ihrer Existenz, nur mein Gatte nicht.
Also ich bin enttäuscht von dir", wies ich ihn ärgerlich
zurecht. „Warum um Himmelswillen, hast du ihn nicht
davon in Kenntnis gesetzt?"

Ich verschwieg, dass Günter es längst wusste - von mir!

„Ach Gräfin, es ist doch eh alles zu spät", murmelte er
resigniert. Ich rate euch, diese Satansbrut umgehend
verschwinden zu lassen, sie ist durchtrieben und
hinterhältig. Na ja, jetzt noch nicht – aber die Zeit wird es
bringen!"

„Du meinst also, wir sollten sie töten?"

Er räusperte sich unbehaglich.

„Ja – nein, sie muss verschwinden, wie auch immer.
Lasst mich nur wieder auf die Beine kommen, ich werde
das schon irgendwie bewerkstelligen."

„Aber Jonny, was hast du vor, du wirst doch nicht etwa…"

„Nein, ich könnte sie verkaufen. Solch ein exotisches,
zauberhaftes Wesen mit allen Vorzügen, optisch gesehen,
ist allemal begehrt von den Stammesfürsten anderer Clans.
Oh ich wüsste schon wohin mit ihr", murmelte er schläfrig
und schloss erschöpft die Augen.

Aufgewühlt verließ ich auf Zehenspitzen das Krankenlager
und machte mich nachdenklich auf den Weg in Justins

Refugium, zu einem letzten Versuch mit ihm in aller Vernunft zu reden.

Es musste doch mit dem Teufel zugehen, könnte ich ihn nicht von seinem verwerflichen Plan abbringen.

Zögernd trat ich aus dem Dickicht. Was ich nun sah, traf mich unerwartet. Ein blondlockiges Engelchen tippelte an der Hand eines imposanten Herrn, der trotz der fadenscheinigen Gewänder, die er wie alle anderen trug, nichts von seiner dandyhaften Ausstrahlung eingebüßt hatte.

Wie ich ihn so daher schreiten sah, so unglaublich männlich erotisch, erwachten alte Gefühle in mir, die ich längst vergessen glaubte. Wie konnte er so umwerfend gut aussehen. War sein Gesicht nicht bis zu Unkenntlichkeit entstellt - verbrannt? Wo sind die Narben?

Ach wie dumm von mir, es ist ja noch längst nicht geschehen, dachte ich, als er den wallenden Umhang um sich warf - seine blonde Mähne im Wind wehte und sein Blick mich traf. Ein spöttisches Lächeln, das Lachfältchen um seine Augen spielte, vervollständigte das Bild das mich für einen Augenblick tief berührte.

„Carla, du hier? Du lässt dich herab, einen Verstoßenen, einen Verbannten zu besuchen. Was verschafft mir die Ehre?" zwitscherte er, ironisch grinsend.

Ich war überrumpelt von so viel Häme und fand nicht gleich die richtigen Worte.

„Das ist also dein Kunstwerk, welches zu schaffen, du keine Mühe gescheut. So ist es dir also letztendlich gelungen," brachte ich hervor

„Ja du sagst es, ein einzigartiges Kunstwerk ist mir gelungen!" bestätigte er stolz. „Sieh nur, ist sie nicht Göttlich!" prahlte er, auf Zustimmung heischend.
Die Situation ließ mich nicht kalt.
Meine Augen bohrten sich in das reizende Püppchen.
Ein kindliches Lächeln, süß und rein, traf und erschütterte mich, nahm mich gefangen.
Einem spontanen Impuls folgend, wollte ich zu ihr eilen.
Sie einmal nur in die Arme nehmen. Sie zärtlich an mein Herz drücken, die weiche Wärme spüren, doch ich zuckte vor einer Berührung zurück.
Ja sie ist entzückend, doch ein Kind wie jedes andere auch.
„Wozu der ganze Aufwand", entzauberte ich seine Prahlerei. „Wenn ich mich recht entsinne, hast du bereits eine reizende Tochter!"
„Nun ja – aber bedenke, wer ihre Mutter ist, bist du es nicht, aus deren Genen sie erschaffen. Spürst du es nicht tief in deinem Herzen. Lässt es dich kalt?", versuchte er einzulenken.
„Bah – das ist nicht mein Kind, ich habe es nicht in Liebe empfangen und geboren", rief ich leidenschaftlich aus und wendete mich zum Gehen.
„Aber so bleib doch noch, schau sie dir richtig an!"
ich zögerte - einen Moment zu lange und nahm sie erneut in Augenschein.
„Oh du unschuldiges kleines Wesen, einer Hybride gleich", stieß ich hervor. Du weißt nicht, ahnst nicht wozu man dich

erschaffen hat. Er - dem du vertraust, wird dich von Grund auf verderben und zu einem monsterhaften Geschöpf degradieren! Ich sollte dich dem bösen Einfluss dieses gewissenlosen Lüstlings endziehen!" brach es aus mir heraus.

„Ach was du nicht alles zu wissen glaubst. Jetzt kannst du auch noch Gedanken lesen. Was redest du nur für einen Stuss. Du bist ja total übergeschnappt - scher dich zum Teufel", fauchte er, hasserfüllt. „Du wirst sie niemals berühren". Verschwinde aus meinem Leben, du gehässiges Weibstück!" ergänzte er mit einer drohenden Handbewegung.

Ich hatte mich längst abgewendet und begann zu laufen. Die letzten Worte klangen noch in mir nach, als ich blind vor Tränen davon stolperte. Nur fort von hier.

Meine Niederlage, gespeist von Zorn über mich selber, der unbedachte Gefühlsausbruch, drohten mich zu ersticken. Es sollte eine zaghafte Annäherung, so etwas wie eine Versöhnung werden. So war ich Willens, auch gewisse unfreiwillige Eingeständnisse einzugehen. Wollte mich bescheiden und zurücknehmen und einlenken. Doch ich konnte meine Zunge nicht in Zaum halten, jetzt hatte ich alles verdorben.

Eine tiefe Niedergeschlagenheit überkam mich, schmerzte wie eine Wunde die niemals heilen kann.

Die romantischen Zeiten die es einstmals zwischen uns gab, alles das war im Nebel versunken.

Mein Plan, eine Versöhnung herbei zu führen, war kläglich

gescheitert. Entsann ich mich doch, wie leicht es war, ihn zu becircen und um den Finger zu wickeln, was hatte ich mir alles erhofft.

Nun denn, so sollte Jonny seines Amtes walten.

Ach - das ewige auf und ab. Das Karussell des Lebens, dreht sich weiter - immer weiter.

Noch ist alles offen, was soll ich mir noch mehr Bürde aufladen. Noch sind nicht alle Möglichkeiten ausgeschöpft.

Ach was sorge ich mich um ungelegte Eier!

Es würden ja noch mehr als hundertfünfzig Jahre vergehen, bis die schändliche Meucheltat ihren Anfang nehmen würde.

Eine unglaublich lange Zeit, wenn sie vor einem liegt.

So ist es in unserer jetzigen Lage unmöglich für uns, diese fatale Zeit noch zu erleben, denn die Möglichkeit uns zu verjüngen, war uns durch den zugemauerten Zeitkanal, genommen.

Ach - ich sehe alles viel zu schwarz. Was schert es mich, was in ferner Zeit geschehen wird, wenn wir längst zu Staub zerfallen sind.

Darüber hinaus, gibt es ja noch einen kleinen Lichtblick, den wir nicht ungenutzt lassen sollten.

Noch heute werde ich mit meinem Liebsten ernsthaft reden, ihm alles unterbreiten, was ich so lange unterdrückt habe. Möglicherweise existiert noch eine Verbindung zu der Haupthöhle, dem Zeitkanal.

Einen Versuch ist es allemal wert, ein kleiner

Hoffnungsschimmer, ein Strohhalm nur, an den ich mich klammern kann.

Kapitel 14: Schockwelle

So berichtete ich Günter schließlich von meiner
Entdeckung, hoch oben im Berge. Ich verschwieg jedoch
aus Eigensinn, die Gefahren, welche ein Eingreifen in die
unbekannte Zone mit sich bringen könnte.
Erschüttert lauschte Günter meinen Ausführungen.
Wider besseren Wissens, malte ich ein rosiges Bild von
dem was uns erwarten würde.
Plötzlich tat sich wieder ein Neuer, wenn auch ein
fragwürdiger Weg vor uns auf.

Voller Eifer und Tatendrang, stapfte Günter vor mir den
Berg empor, vorsorglich mit allerlei Geräten beladen.
Oben angekommen, erwartete uns das übliche Bild,
nämlich das Fenster ins Jenseits und dahinter unser
Söhnchen.

. Ungläubig dessen, was er nun gewahrte, machte Günter sich unverzüglich ans Werk, die lästige Blockade zu durchdringen. Doch der gewalttätige Eingriff hatte fatale Folgen

Der Countdown lief.
Sämtliche Urgewalten entluden sich über uns.
Augenblicklich befanden wir uns im Zentrum des Grauens und schauten direkt in das Auge des Zyklons.
Ein gewaltiger Wirbel erfasste uns… Welche fremden Mächte trieben hier ihr Unwesen? Wir hielten uns fest umklammert, um nicht von den Urgewalten fortgerissen zu werden. Versuchten uns verzweifelt gegen den starken Sog zu stemmen. Blitze zuckten zwischen heftigen Regenschauern. Gleißende Sonnenglut wechselte in wahnsinnigem Wandel mit Hagel, eisigen Schneestürmen und knisterndem Frost. Ohrenbetäubendes Donnerkrachen, ließ den Himmel erzittern, während die Untoten, derer es immer mehr wurden, wie aus dem Nichts auf uns zustürmten.
Wie ein ablaufender Film, deren Gestalten aus dem Celluloid springen und sich selbstständig machen.
Tosende geballte Elemente gebaren und spien Gestalten aus allen Zeitepochen. Gleichzeitig in rasendem Wirbel der Jahreszeiten, die sich in kurzen Zeitabschnitten ständig wiederholten.
Entsetzt, geschockt, atemlos vor Grauen, doch gleichzeitig fasziniert von dem, was auf uns einstürzte, wagte ich einen

Blick in dieses Horrorszenarium. Ein Ort von dem keiner zurückkehren sollte, um davon berichten zu können.
Ich sah über den Rand der Welt, direkt in die Hölle.
Ich ah zwei Sonnen - oder waren das Sonne und Mond nebeneinander in der Unordnung des wahnsinnigen Zeitenwechsels.
Kochende, dampfende lila Wolkengebilde, die sich formten zu Windhosen. Einem Sog der alles zu verschlingen drohte.
Dantes Inferno am Rande der Welt.
Wie war es möglich hier zu existieren? Denn gleichzeitig registrierte ich viele wüste Gestalten. Doch auch friedliche, harmlose Gesellen, wie Gaukler, Schausteller, edle Ritter des Mittelalters, Heerführer aus fernen Zeiten und allen Epochen. Doch auch so manche verrufene, mordlustige Plünderer und Eroberer aus der Römerzeit. Bösewichte, die vor Strafe geflohen und untergetaucht waren - auf nimmer Wiedersehen! Ehrfürchtig zog ich die Luft ein.
„Oh mein Gott, sie werden uns überrennen Liebster", wisperte ich und klammerte mich noch fester an Günter.
Doch sie nahmen keine Notiz von uns, als wären wir nicht vorhanden.
Unaufhaltsam stoben sie an uns vorbei, ein buntes Gewirr von Gestalten aus allen Zeiten der Erdgeschichte.
Wir hatten in die merkwürdige, skurrile Ordnung eingegriffen und somit das Feuer im Vulkan entfacht.
Plötzlich war mir, als spürte ich eine kleine Hand auf meinem Arm. Klein Justin, unser Söhnchen war uns wiedergegeben! Aufjauchzend umfasste ich selig den

kleinen Körper, jedoch ich fühlte ihn nicht. Meine Hand griff ins Leere, obgleich ich seine Stimme rufen hörte:
„Mama, oh geliebte Mama, nun ist alles gut. Ist das mein richtiger Vater?"
„Ja Junge, das bin ich, komm - komm in meine Arme, unter meinen Mantel. Ich werde dich tragen, wie damals in der Höhle", hauchte Günter ergriffen und streckte seine Arme nach dem Söhnchen aus. Doch seine Hände blieben leer.
Noch hatte er nicht die Ungeheuerlichkeit begriffen, doch der Schreck der nun folgte, war niederschmetternd für uns. Unser kleiner Junge war nicht mehr als ein Geist, ein Phantom, unwirklich, nicht aus Fleisch und Blut.
Das Chaos jedoch das wir losgetreten hatten, war nicht mehr aufzuhalten, oder?
War das die Büchse der Pandora von der Justin so rätselhaft gesprochen und die wir unwissend geöffnet hatten. Immer mehr Schattengestalten stürmten an uns vorbei, Kaufleute, Ritter mit Degen am Gürtel, zerlumpte Wesen in Tuchfetzen gehüllt. Wie in einem Alptraum, gewahrte ich auch bekannte Gesichter aus der Musikszene. Gefeierte Popstars - zu früh gestorben oder verschollen und irgendwann für Tod erklärt. Wie aber waren sie in diese Zwischenwelt geraten?
Weiter sah ich verlotterte Gammler, offenbar Drogensüchtige, gescheiterte Existenzen aus der Neuzeit, im Labyrinth der vermischten Zeiten.
Hatten wir uns auch wagemutig durch die Öffnung gewagt, so trieb mich jetzt nur noch der eine Wunsch, ihr eiligst zu

entfliehen.

Das Grauen vor dem Ungewissen hatte mich gepackt.

„Komm Liebster, lass uns diesen Höllenschlund so schnell wie möglich wieder verlassen", rief ich panisch.

„Nein, nicht so schnell Liebes. Ich habe viel mehr die Absicht, diese utopische Zwischenwelt zu erkunden. Zudem muss ich eine Öffnung zum Zeitkanal suchen und finden. Möglicherweise existiert ein Zugang in die Haupthöhle, dem Zeitkanal", entgegnete er unbekümmert und zog mich mit sich in den Strudel, doch ich sträubte mich, wollte nicht weiter vordringen.

„Komm um Himmelswillen aus dem Sog, er bringt dich um", drängte er mich ungeduldig.

„Nein Liebster – bleib. Siehst du denn nicht was wir angerichtet haben. Wir müssen die Blockade wieder verschließen, sonst wird sich dieser Wirrwarr mit unserer Zeit vermischen und alles durcheinanderbringen."

Doch es schien bereits zu spät.

„Ich kann jetzt nicht aufgeben – und welche Zeit meinst du, - mit unserer Zeit? Bist du etwa glücklich in dieser verfluchten, vorsintflutlichen Zeit?"

„Aber hier bestehen alle Epochen zur gleichen Zeit, es gibt keine Ordnung mehr, das ist zum Irre werden, hier kannst du nicht länger bleiben", setzte ich heftig entgegen.

„Nun gut, ich sehe schon, deine Abenteuerlust ist dir abhandengekommen. So werde ich mich vorerst fügen und künftighin, alleine auf Entdeckungsreise gehen. Komm mein Junge, ich bringe dich jetzt erstmal in

Sicherheit", fügte er versöhnlich hinzu und breitete seine Arme aus. „Du bist ja leicht wie eine Feder, bei Gott, ich spür dich nicht, so als wärst du… hm – aeh. Ich mag es gar nicht aussprechen was ich denke", murmelte er kopfschüttelnd. Sein Blick traf mich, verwirrt erst, dann verzerrten sich seine Züge zu einer grauenvollen Maske, voller Leid und Gram.

Alles sollte sich nun zum Besseren wenden, wir hatten das Söhnchen befreit und in unsere Obhut genommen. Er war ständig um mich. Ich hörte seine vertraute kindliche Stimme, sah ihn – doch ich konnte ihn nicht berühren - ihn nicht liebevoll in meine Arme schließen. Denn er war nicht körperlich, war weniger als ein Schatten. So konnte ich ihn nicht mit Zärtlichkeiten, meiner überquellenden Liebe überhäufen, noch ihn mit Leckereien verwöhnen.

Ich konnte nicht seinen blond – braunen Schopf wuscheln. Manchmal war mir, als könnte ich gar durch ihn hindurchsehen.

Wahrhaftig ein Geist, Körperlos durchscheinend, oh Gott, wie sollte ich das ertragen! Niemand kann meine Enttäuschung und Seelenqual nachvollziehen. Er war da und doch nicht wirklich, unfassbar für ein sensibles Gehirn.

Nach weiteren verzweifelten Versuchen einen Zugang zu der Haupthöhle, dem Zeitkanal zu finden, gab Günter schließlich resigniert auf.

Die zugemauerte Höhle indes blieb verweist.

So bemerkten wir nicht, dass die Verbundstellen längst

brüchig waren und feine Risse aufwiesen. Keiner suchte sie je wieder auf.

Im Tal herrschte indessen ein wildes Durcheinander.

Die bisherige Ordnung war total aus den Fugen geraten, denn alle Zeiten waren nun vermischt. Sämtliche Schattenwesen hatten sich dort niedergelassen und breitgemacht.

So geschah es, das neben harmlosen munteren Hippies mit Gitarren, neben durchgeistigten Druiden in sackähnlichen Kutten, auch verwegen aussehende, streitbare Individuen, Spukgestalten wie aus einem Horrorfilm lebten. Nur, dass es kein Film war, sondern Realität.

Sie waren um uns, spukten in allen Winkeln, begannen die Ureinwohner zu ängstigten und zu bedrängten.

Günter rief sie zähneknirschend zur Ordnung, doch sie verspotteten ihn nur.

Auch Justin fühlte sich nicht mehr sicher in seiner einsamen Hütte. In dem Durcheinander, wagte er sich wieder in das Camp, doch was er dort antraf, gefiel ihm überhaupt nicht. Hatte er doch einst eine blühende, aufstrebende, selbstständige Kolonie angestrebt.

Wo hingegen nun urzeitliche Trapper in Fellen gehüllt, unser Wild bejagten und unzählige Feuer im Lager lodern ließen. Sich Erdhöhlen gruben und heidnische Sitten einführten. Ich traf ihn in heller Aufregung, grollend an.

„Ich werde wieder eine Armee zusammenstellen!"
Ereiferte er sich zähneknirschend.

„Was ihr angerichtet habt ist so ungeheuerlich, dass man

es kaum in Worte fassen kann und ihr wollt einen Stab über mich brechen, nur, weil ich nach Perfektion strebe!"

„Nun erfahre ich noch zu allem Übel, dass ihr mir auch noch mein Kind fortnehmen wollt. Aber das Kind werdet ihr mir nicht nehmen, so wie ihr mir meinen gesamten Besitz genommen und mein Eigentum vernichtet habt".

„Ihr habt euch einfach das Recht genommen, euch in meinem Haus einzunisten!"

„Nun wollt ihr euch auch noch an meinem Kind vergreifen!" Schnaubte er.

„Das Kind ist meine Originalausgabe, mein Fleisch und Blut. Es ist nicht nur dein Eigentum, denn es ist mein zweites – ICH – mit allen meinen Eigenschafften", warf ich hitzig ein.

„Du drehst alles, so wie es dir gerade passt, doch das stimmt nicht ganz. Nicht nur deine Eigenschaften besitzt es, denn ohne männlichen Samen, kann wohl kein Ei befruchtet werden und kein Leben entstehen, auch kein geklontes Wesen!" belehrte er mich emotional.

„Ja – ja, so ist es denn wohl", gab ich kleinlaut zu.

„Ich sehe dich allein", änderte ich das Thema." Hat man dir die Kleine etwa schon fortgenommen?" Fragte ich heuchlerisch.

„Ha, das wird euch nicht gelingen, denn sie ist gut verborgen. Ihr würdet sie niemals finden!"

„Ach, das sind zurzeit nicht unsere größten Sorgen. Vielmehr müssen wir die Störenfriede in ihre Schranken weisen und womöglich ausrotten. Sieh nur was sie dort anrichten!" Ich wies auf den Dorfplatz, auf dem sich ein Tumult abspielte.

„Ich trage stets einen Revolver bei mir", erwähnte er nickend.

„Du auch? Ich gehe nicht mehr ohne meinen Colt aus dem Haus", bekräftigte ich, während wir, wie früher, nebeneinander weitergingen.

Wann hatten wir uns zuletzt gesehen und umarmt?

In welchem vorigen Leben war es. War es mehr, als eine heiße Romanze, damals, voller Leidenschaft, oder nur wilder Sex, ein Strohfeuer? Doch eins wusste ich noch genau, er würde mir stets gefährlich werden und niemals aufgeben.

Und immer wieder werden wir von der Vergangenheit eingeholt, einer Vergangenheit, welche gleichsam in der Zukunft liegt.

Nicht weit entfernt, gewahrte ich eine Gruppe Jäger mit ihren Waffen hantieren. Ich schaute mich noch einmal um. Sie starrten mir mit hungrigen, brennenden Augen hinterher. Ein Schauer der Abscheu lief mir kalt über den Rücken. Oh – je, denen möchte ich nicht im Dunkeln begegnen. Ich sah sie die Sehnen an ihren Bögen spannen und Pfeile anlegen.

Ich schloss die Augen, wollte nicht die Wildenten vom Himmel fallen sehen und griff instinktiv nach Justins Hand. Wir gingen jetzt dicht neben einander, seine Nähe verwirrte und erregte mich. Ich ließ mich willenlos führen, in Erwartung dessen, was er mir zu zeigen versprochen und angekündigt hatte. Was immer es war, hatte längst die Bedeutung verloren. Mein Kopf war leer, alles war mir gleichgültig, während meine Augen sein Profil streichelten. Ein warmes Prickeln breitete sich in mir aus.

Sein Griff wurde fester, alles rückte in weite Fernen - kümmerte mich nicht mehr. Seine Arme hoben mich auf. Ich ruhte an seiner Brust, mein Kopf an seine Schläfe geschmiegt.

„Oh du süßes Gift", raunte er in mein Ohr. „Du bittersüße Sünde, Flamme meines Lebens, verbrenne mich!"

Wir verglühten, verbrannten, verschmolzen zusammen, wurden Eins - Ekstase ohne Ende.

Justin, mein Justin, mir gehörte er, nur mir, der schönste Mann vor und nach der Antike, dachte ich kichernd, ehe ich versank.

Schritte auf knarrenden Stufen weckten mich, ich starre auf die Tür, ängstlich wie ein Kaninchen.

Die Spannung war unerträglich, gleich wird er, mein Gatte, mich an den Haaren aus dem Zimmer zerren und mich schlagen. Soll er nur, ich habe es verdient! Doch nichts dergleichen geschah. Denn das war ja in einer anderen Zeit.

Ich riss die Augen auf und fand mich neben Justin auf einer Bank sitzend. Oder war es gar der streitbare Kevin, der mich durch den Sumpf getragen hatte?

„Ich kenn dich, du bist doch die Braut des Grafen vom Schloss!" Vernahm ich benommen seine Worte.

„Kevin du bist hier, wie ist das möglich?" Fragte ich,
irritiert.

Doch der Spuk war im nächsten Moment vorbei.

Ich saß allein auf der Bank. Ernüchtert erhob ich mich.

Ich wusste ja, das alle Zeiten vermischt, Vergangenheit,
Gegenwart und Zukunft zugleich stattfanden.

Das sich alle Geister und Untoten mit dem hiesigen Volk
vermengen konnten.

Zudem waren mit Sicherheit die ursprünglichen
Höhlengänge getrennt, was erst unlängst geschehen sein
konnte. Es muss eine gewaltige Explosion hier im Berge
stattgefunden haben, überlegte ich weiter. So entbehrt es
nicht einer gewissen Logik, dass ein Teil der
unternehmungslustigen Gefangenen der Höhle, sich
befreien und absetzen konnten, in eine andere Sphäre.

Doch gleichsam gefangen in einer Parallelwelt, ihr trübes
Dasein fristen mussten. Bis zu dem gewissen Zeitpunkt.

Hier jedoch endeten meine Vermutungen, über den
ungleichen, zusammen gewürfelten Haufen von
Verstorbenen, Vermissten und Untoten.

Doch wie nur, ist unser Söhnchen dazwischengeraten?

Wenn alle Zeiten nahezu gleichzeitig stattfinden, muss es
doch eine Möglichkeit geben, den Zeitpunkt vor seinem
Verschwinden zu lokalisieren und herauszupicken.

Das gewisse Jahr, sowie den genauen Tag, eben den
Richtigen. Nur ein kurzer Moment würde genügen, um das
fürchterliche Geschehen, ungeschehen zu machen!"
Grübelte ich weiter.

Wie aber sollten wir es bewerkstelligen, den verwirrend rasenden Zeitenwechsel für einen Moment anzuhalten, um in das Geschehen einzugreifen, wenn die Erde sich zu schnell dreht.

Kapitel 15: Krieg der Träume

Unsere Eingeborenen waren zunächst durch nichts zu erschüttern. Wussten sie doch nicht mehr, welche Zeitepoche die wahre Wirklichkeit für sie ist. Sitten, Gebräuche, Rituale und Klischee waren längst, mit denen der Neuzeit vermischt, bei unserem Eintritt in diese alte Zeit. So besaßen sie doch inzwischen vielerlei Dinge, Errungenschaften der Zivilisation, die ihnen das Leben erleichterten. Auch wenn sie bisweilen nicht damit umzugehen wussten. So hausten sie auch noch in reetgedeckten Lehmhütten oder Langhäusern, verfügten, aber dennoch über vielerlei Neuzeitlichem, welches ihr Dasein aufbesserten. Doch ihr friedliches Leben hatte urplötzlich eine andere Wendung genommen.
Nun allerdings fühlten sie sich bedrängt und belästigt!
Ihre heile Welt war erschüttert und aus den Fugen geraten, durch ständige Krawalle.
Nicht selten musste mein Liebster schon in den frühen Morgenstunden das warme Bett verlassen, um einen Streit, der zu einem Krieg ausartete, zu schlichten.
Was nicht selten zu blutigen Schrammen führte.
Obgleich er als Stammesführer und Oberhaupt der Gemeinde angesehen, doch nicht von allen akzeptiert wurde. So gelang es ihm nicht immer, seine Autorität durchzusetzen.

„Unsere Zeit verrinnt unaufhaltsam, auch wenn es keine bestimmte Zeit zu geben scheint. Wir müssen Justin ein Ultimatum setzen. So kann das nicht weitergehen!" ereiferte sich Jonny haareraufend. „Er muss die Höhle, unseren Zeitkanal wieder öffnen, ansonsten wird er die volle Härte unserer Macht erfahren."

„Ich fürchte diese heikle Aufgabe kann nur Carla angehen", warf Günter verdrossen ein.

„Ihr meint, ich sollte ihn aufsuchen und..."

„Nun Schätzchen, du wirst schon die richtige Taktik anwenden und die rechten Worte finden, ohne dich – aeh. Du weißt schon was ich meine". ergänzte er, zerknirscht nach Worten ringend.

„Hm, ich werde mein Bestes versuchen, wenn ich auch nichts versprechen kann! Ich muss noch vor dem Winter Kräuter und Nüsse sammeln. So werde ich meinen Weg in die gewisse Richtung wenden", versprach ich, mit gemischten Gefühlen.

Tags darauf begab ich mich auf der Suche nach diversen Kräutern, auf den Weg. Schon von weitem bemerkte ich eine Gruppe Trapper, die am Wege herumlungerten.

Sie verstellten mir, dreist grinsend den Weg.

„Wo habt ihr wieder eure Fallen ausgelegt? Ihr wist doch, dass es verboten ist!" rief ich und trat ihnen mutig entgegen.

Da es mir nicht neu war, belästigt zu werden, drohte ich kämpferisch mit meiner Waffe, um mich den Pöbeleien zu erwehren. Doch ich erntete nur hämisches Gelächter für eine so kleine plumpe Waffe, ohne spitze Schneide.

„Ich werde euch blenden und töten mit meinem Flammenschwert", warnte ich sie heroisch.

Ihr unverschämtes Gelächter erstarb augenblicklich, als ich in meiner Not, dreimal abdrückte.

Sie zuckten erschrocken zusammen und warfen sich zu Boden. Noch bevor die Schüsse verhallten, trafen mich ungläubige Blicke.

Jetzt sah ich, was ich angerichtet hatte. Ich sah ihre Wunden an Armen, Schulter und Händen. Gottlob war keiner ernsthaft verletzt.

„Ich bin getroffen", riefen drei der Recken, auf die blutenden Wunden starrend. „Sie hat keine Lanze und keinen Pfeil abgeschossen, das ist Hexerei".

„Seht nur wie es raucht in ihrer Hand".

„Ja das ist Zauberei", bestätigt ein Anderer.

„Lasst euch das eine Lehre sein, mich belästigt man nicht ungestraft", fauchte ich ungehalten". „Versucht es nie wieder, mir so unverschämt den Weg zu versperren. Glaubt nicht, ihr könnt hier ungestraft euer Unwesen treiben. Habt ihr immer noch nicht begriffen, wer hier die Herren sind," rief ich.

„Geht nun zu dem großen Heiler. Wenn er gut gelaunt ist, wird er sich eurer annehmen und eure Blessuren verarzten", fügte ich versöhnlich hinzu und setzte scheinbar gleichgültig meinen Weg fort.

Hinter einem Busch verborgen, verfolgte ich besorgt ihren Abzug. Nun lag es an Ihnen den großen Heiler, meinen

Gatten um Hilfe zu bitten und so einer bösen Sepsis zu entgehen. Sie alle waren Körperlich und benötigten Nahrung. Sie zählten also zu den Untoten, wohingegen mein Söhnchen eher körperlos als Gespenst herumspukte. Wie aber kann das sein? Grübelte ich, während sich mein Korb mit duftenden Kräutern füllte.

Die Wetterkapriolen machten mir schwer zu schaffen. Eben noch strahlte die Sonne, schon hagelte es weiße Steine vom Himmel und machten mich frösteln.

Indessen hatte ich das Terrain von Justins Behausung erreicht.

Die Lichtung sah anders aus, als gewohnt, war fast zugewachsen und kaum noch als solche zu erkennen.

Das Haus war altersschwach und verwittert. Doch aus dem Schornstein sah ich Rauch aufsteigen. Der Pfad schien kaum benutzt. Zwischen den Baumstämmen, schimmerte ein Stall der vorher nicht dort war. War dort nicht der Stall mit den Pferden, die so sehnsuchtsvoll erwünschten Fortbewegungs und Lastenträger, die wir so nötig brauchten? Merkwürdig, sind wir nicht unlängst erst hier gegangen? Ein ungeheuerlicher Verdacht, blitzte in meinem Kopf auf. Es muss viel Zeit seitdem vergangen sein, wäre es nicht möglich das... Oh das wäre phänomenal.

Beflügelt von dem Gedanken, strebte ich zuversichtlich der Hütte entgegen. Beherzt klopfte ich an die Tür.

Ich ahnte was mich dort erwarten würde, denn ich hatte alles schon einmal erlebt. Zaghaft öffnete ich die Tür,

zunächst musste ich mich an das kümmerliche Licht
gewöhnen. Wie erwartet, erhob sich ein knorriger Alter
aufgeschreckt aus den Kissen, seine Augen weiteten sich.
Ungläubig starrte er mich an, bis sich ein stammelnder Satz
von seinen Lippen löste.
„Carla du? – oh Carla, wie ist es möglich, dass du noch
lebst, nachdem so viel Zeit vergangen ist!"
Ich sah die junggebliebenen Augen aus dem faltigen
Gesicht blitzen.
„Ah - Justin mein alter Freund und schlimmster Feind,
zärtlichster Liebhaber und teuflischer Gegner.
Satansgeschmeis, du Ausgeburt der Hölle, doch deine Hölle
ist nah und wird dich verzehren! Sag, wie lange schon
hältst du dich am Leben ohne dich zu verjüngen?
Mit Sicherheit hast du die 115 längst überschritten, doch
nun naht dein Ende!"
„Du bist zynisch und grausam in deiner Jugend. Siehst auf
mich alten Greis, der den Tod vor Augen hat, mitleidslos
herab. Willst dich nun an meinem Elend weiden. Hast du
kein Erbarmen mit einem alten Weggefährten, der dir bis
zum Wahnsinn verfallen war. Möchtest du mir nicht einen
letzten Dienst erweisen, der alten Zeiten Willen?"
Ich wusste noch genau, was auf meine Absage,
entsetzliches geschehen würde: „Der Super - Gau".
Ich musste es unbedingt verhindern. Jetzt war meine
Chance gekommen das Blatt zu wenden. So nickte ich
zustimmend. Jetzt wollte ich keine unnötige Zeit
vergeuden, wollte alles auf eine Karte setzen.

„Es ist nicht viel was ich von dir verlange Schätzchen", fuhr er fort, es kostet dich nicht mehr, als einen Wimpernschlag. Mein letzter Wunsch ist es, diese Zeit hier, endlich zu verlassen, für ein christliches Begräbnis in meiner Zeit. Sorge für eine Beförderung für mich zur Höhle, meine Beine wollen mich nicht mehr tragen.
Nur eine Sänfte den Berg hinauf, brauchst du für mich organisieren, weiter nichts. Ich bitte dich inständig!"
Ja – oh ja, alles werde ich jetzt versprechen. Denn ich entsann mich seiner fürchterlichen Rache, auf eine Absage. Ich antwortete nicht gleich, doch ich wiegte abwägend den Kopf.
„Nun, wenn es weiter nichts ist, so soll dein letzter Wunsch in Erfüllung gehen. Ich werde unverzüglich alles in die Wege leiten", versprach ich. Plötzlich hatte ich große Eile, die Zeit lief mir rasend davon. Kaum das ich die Tür hinter mir verschloss, rannte ich wie vom Teufel gejagt. Mein Blick fiel auf den Berg, erfasste das offene Höhlentor, die Zeitschleuse, den Fahrstuhl in unser Leben!
Oh mein Gott, ich muss es schaffen, bevor diese Zeit wieder vergeht. Ich stolperte, raffte mich wieder auf und rannte keuchend weiter um mein Leben. Immer wieder hob ich meinen Blick zu dem lockenden, offenen Höhlentor. Doch die verfluchte Zeit jagte offenbar schneller als ich. Noch während ich atemlos lief, schritt mir der junge Justin grinsend entgegen.
Verdammt, alles ist aus und vorbei. Der kurze Lichtblick, der alles verändern sollte – war vergangen!

Ich befand mich wieder in der alten Zeit, erkannte ich ernüchtert. Ich mochte schreien vor Wut und Verzweiflung, doch ich war wie erstarrt.

„Was ist geschehen, du läufst, als wäre der Teufel hinter dir her!" Bemerkte er spitzfindig.

Der Teufel kam mir entgegen, oh wie ich ihn verabscheute, in diesem Moment.

„Der Teufel geht um, doch er ist nicht hinter mir her, er steht leibhaftig vor mir", sprühte ich hassbebend hervor.

„Oder bist du es nicht, der mein Leben verpfuscht hat. So hab doch endlich ein Einsehen!"

„Wie - was meinst du mit Einsehen?"

„Meinst du nicht, dass du auf der falschen Seite kämpfst? Müssen wir nicht zusammenhalten in dieser desolaten Situation? Oh lieber Justin, so helf mir doch aus dieser üblen hoffnungslosen Lage. Ich flehe dich auf Knien an, ich kann so nicht weiterleben", klagte ich und brach in Tränen aus.

„Aber Schätzchen, du siehst mich untröstlich, so sag mir was ich für dich tun kann. Ich werde dir jeden Wunsch erfüllen. Komm nur in meine Arme, klag mir nur dein Leid!" säuselte er und zog mich mit sich. Ich war in einer üblen Verfassung. Zitternd und schluchzend wie ein verstoßenes Kind, ließ ich meinen Kummer heraus, bis ich bemerkte, das sich so etwas wie Mitleid in Ihm regte.

„Ach du kleines Lämmchen, du dauerst mich zutiefst", seufzte er und liebkoste meine Wangen. Er strich mir fahrig über das Haar und murmelte selbstvergessen:

„Das alles ist sehr verwirrend, doch es ist zu viel, was du von mir verlangst, denn das liegt nicht in meiner Macht. Ich kann das Rad nicht zurückdrehen!"

„Selbst, wenn ich es könnte, so läge es nicht in meinem Sinne. Du würdest verschwinden - wärst mir für immer verloren. Doch du gehörst inzwischen wieder zu meinem Leben, auch wenn ich dich nur selten kosten darf".

„Soll das heißen ich muss hierbleiben, hier am Weltenanfang, der zugleich unser Weltenende ist?" fuhr ich hitzig auf.

Wir hockten am Boden, auf weichen Flechten gebettet. Er hatte mich in seine Arme gezogen, seine Augen sprühten Funken. Doch ich entzauberte den trauten Moment mit wüsten Beschimpfungen.

„Du Scheusal, du boshafter Egoist. Was glaubst du wer du bist - glaubst die Welt dreht sich nur um dich und du kannst alles zu deinen Gunsten manipulieren? Ich will nur fort von hier, von dir und von all den Verrückten um uns herum, begreif das doch endlich", fauchte ich, stieß ihn von mir und sprang auf.

„Du redest im Zorn, siehst alles zu schwarz", versuchte er mich zu beruhigen. Im Gegensatz zu dir, begnüge ich mich mit dieser Zeit. Hier ist meine Welt die ich mir geschaffen, hier ist meines Bleibens. Ich lechze nicht nach der Zukunft wie du!" Er packte mich an den Handgelenken und hielt mich fest. Ba - deine rosige Welt, die Zukunft von der du so schwärmst, obwohl du es doch besser wissen müsstest. Diese unsere erstrebenswerte, heile Welt wird doch stets bedroht, nicht zuletzt von der Kraft der Atombombe.

So wird der ewig nach höherem strebende Mensch, die Welt selbst vernichten! Denn ich weis, was du nicht weißt. Ich habe es selbst erlebt auf meinem letzten Besuch in meine Realzeit. Im Jahre 2225 wird das Leben auf unserem Planeten überwiegend von Computern und künstlicher Intelligenz beherrscht. Der Mensch verkümmert, wird machtlos, doch die Computer werden weiterbestehen. Von einem allwissenden Central - Computer- Gehirn gesteuert, das die Menschen permanent kontrolliert und zu willenlosen Arbeitssklaven mutieren lässt. Die soziale Ungerechtigkeit ist unerträglich. Es gibt nur noch ein paar Superreiche, welche alle Macht ausüben. Sowie bedauernswerte Kreaturen am Rande der Existenz, die ums Überleben kämpfen, was bald zu einer trostlosen menschenlosen Welt führt!"

„Wir müssen alle einmal sterben am Weltende. Gottlob liegt das viele tausend Jahre vor mir, nun aber zählt das Hier und Jetzt! Du bist grausam und berechnend", fuhr ich unbeeindruckt fort.

„Ja allerdings bin ich berechnend, nicht grausam oder bösartig. Wohl aber berechnend mein Ziel rigoros zu verfolgen. Hier habe ich mein Glück gefunden. Eine feste Bindung mit dir von Dauer, wäre mein Lebensglück gewesen. Doch du hast es vorgezogen, mich stets zu verlassen, wie es auch jetzt dein einzig Streben ist!"

„Wie du meinst, so magst du hier verrotten. Ich werde schon einen Weg finden, aus diesem irren Labyrinth", knirschte ich boshaft zwischen den Zähnen hervor.

„Oh - wie deine Augen blitzen. Du reizt mich bis aufs Blut. Bleib doch noch ein Stündchen, vielleicht bin ich dann Willens dir ein Stück entgegen zu kommen", raunte er scheinheilig schmunzelnd und erhob sich ebenfalls.

Seine Hände waren wie Schraubstöcke.

„Komm in meine Liebeslaube, du wirst es nicht bereuen!"

„Niemals", rief ich leidenschaftlich und ließ mich dennoch willenlos von ihm führen.

Es dämmerte bereits, als ich mich wohlig erhitzt, doch mit schlechtem Gewissen davonstahl. Mein Weg führte mich an einer Scheune vorbei, aus der ich albernes Gewisper vernahm. Vermutlich eine Stallmagd, bei einem heimlichen Schäferstündchen, dachte ich schmunzelnd. Angelockt von den Geräuschen, warf ich einen Blick in das offene Tor.

Der Schock traf mich unvorbereitet. Keine leichtsinnige, liebestolle Magd in eindeutiger Umarmung mit einem Jüngling. Nein mein Liebster war es, auf dessen Schoss
- SIE - meine junge Zweitausgabe, kindlich verspielt, doch kokett - sich räkelte.

Vor Schreck und brodelnder Abscheu, packte mich ohnmächtige Wut. Hat Justin nicht einmal gesagt, die Beiden dürfen sich nie begegnen?

Doch wie könnte es ausbleiben in der kleinen Siedlung.

„Du bist mein Lieblings-Onkel, dich habe ich am liebsten von allen", hörte ich sie zwitschern, „dich werde ich einmal heiraten, wenn ich groß bin."

Darauf hörte ich laute, herzige Schmatzer und ein

gurrendes Lachen das mir in die Glieder fuhr.

Ich wartete seine Antwort nicht ab und begann kopflos zu laufen. So hat die Zukunft also schon begonnen, alles wird nun unausweichlich seinen Lauf nehmen und über mich hereinbrechen.

Ein wirrer Zeitsprung hatte mir durch diese Szene den Anfang der Verderbnis offenbart.

Doch oh Wunder, schritt mir mein Liebster, nur wenige Augenblicke später, ahnungslos, doch mit sorgenvoller Miene entgegen. So war ich es, die Reue empfinden müsste! Ich jedoch redete mir zu meiner Rechtfertigung ein, auch meine Episode mit Justin sei nur ein Trugbild, eine Begebenheit irgendwann aus einer fernen Zeit gewesen.

„Was war? Ist er dir zu nahegetreten?"

Ich sah seinen zweifelnden Blick auf mir ruhen.

„Vertraust du mir nicht?"

„Hm" - antwortete er schulterzuckend, „wenn ich ehrlich bin, vertraue ich dir nie ganz. Es wäre bei Gott nicht das erste Mal, dass du mir Hörner aufsetzt!"

Meine kostbaren Errungenschaften hielt ich beschämt unter meinem Cape verborgen. Mit einem Beutel Reis, einem Säckchen feinem weißen Mehl, Zucker und einem Päckchen echten, so begehrten Bohnenkaffee, hatte ich meine Tugend eingetauscht und ging scheinbar unbekümmert zur Tagesordnung über.

Diesen erotischen Ausrutscher verdrängte ich, als hätte er

nie stattgefunden. In meinem Kopf formten sich bereits die leckersten Küchlein, die zu backen, ich vorhatte.

Abends, nach der Tageslast, pflegten wir all unsere Sorgen abzuwerfen und das Lager zu verlassen. Nach einem erholsamen Spaziergang, sahen wir auf dem Rückweg die Sonne blutrot untergehen. Doch die Nacht würde kurz sein, denn schon bald würde sich die Sonne im Osten wieder erheben. Im nächsten Moment schon sahen wir am unendlichen Himmelszelt den Mond und wunderschön die Sterne erblinken.

„Ist nicht überall auch in 3000 Jahren das gleiche Himmelszelt", bemerkten wir fast gleichzeitig.

Düster ragte der Berg vor uns auf, verdeckte ein paar Schritte lang den Silbermond. Die ersten Lichtstrahlen zeigten sich, als aus dem Nichts, ein markerschütterndes Brausen, das zu einem ohrenbetäuben, Donnerkrachen erwuchs und die Stille erschütterte.

Wir sahen es wirklich - am Himmel über uns, wo noch eben die Sterne friedlich glitzerten, überflogen uns krachend Kriegsbomber. Doch nicht wir waren ihr Ziel. Die großen Städte am Horizont, deren Kirchtürme und Hochhäuser wir deutlich sahen, wurden bombardiert.

Blitzartig fuhren unsere Köpfe auf, richteten sich auf den Berg zu dem Höhlentor. Es war tatsächlich offen.

Schwarz und einladend, grinste es uns entgegen.

Ein verstehender Blick zueinander, ein Kopfnicken, eine Hand die nach der anderen griff und augenblicklich rannten wir los.

Wir rannten gegen die Zeit und – verloren den Wettlauf!
Keuchend stapften wir die Anhöhe hinauf, doch auf halber
Höhe, hatte sich das Höhlentor bereits wieder geschlossen.
Mut – und Atemlos ließen wir uns ins weiche Laub sinken,
klammerten uns verzweifelt, haltsuchend aneinander fest
und versanken in tiefe Agonie.

Die Erkenntnis erneut versagt zu haben, war
niederschmetternd.

In dieser hoffnungslosen Stimmung hauchte ich, kaum,
dass ich es aussprach: „Ich will und kann dieses trostlose
Leben nicht mehr ertragen, Liebster! Wenn alles Gelebte
der Vergangenheit, mit der Zukunft verschmilzt, beginnt
die triste Zeitlosigkeit".

„Ja - ich fürchte, es wird Zeit zu gehen. Es ist unwürdig,
ätzend und nicht mehr lebenswert", bestätigte er.

Nun war es ausgesprochen, was wir im Stillen so oft schon
dachten, es war das erste Mal, dass wir es laut
aussprachen.

In diesem Zeitenwirrwarr, in dem alle Epochen aufeinander
trafen und sich vermischten, die viele Jahrhunderte, gar
Jahrtausende voneinander entfernt waren, wie etwa
Minnesänger ruhmreiche Kaiser vor der Zeitrechnung und
der Römerzeit. Herausragende Helden der Geschichte mit
neuzeitlichen Berühmtheiten, die mit ihren Discohits große
Hallen füllten, vereinen.

Nun ja, bei uns würden sie im Freien unter dem großen
Himmelszelt die Felsen zum Dröhnen bringen, ging es mir

durch den Kopf.

„Hast du schon mal daran gedacht - bevor wir für immer gehen - noch solch ein letztes Spektakel zu veranstalten und alle Möglichkeiten dieser verwirrenden Zeit nutzen. Stell dir vor, die Beatles und Rolling Stones würden uns aufspielen und ein letztes Ständchen geben, so wie alle Pop und Rockgrößen der neuen Zeit, die uns ein halbes Jahrhundert begleitet haben. Bill Haley, die Callas gemeinsam mit der eher maskulinen Dietrich und Buddy Holly, könnten zu einem Quartett einstimmen!"

„Ach Schätzchen, das alles könnte zutreffen, doch ich möchte lieber still und klanglos, so als hätte es uns nie gegeben von dieser Welt scheiden".

„Bedenke - die Mythen und Legenden die hernach übertrieben und verzerrt gesponnen und gewebt werden. Wir würden uns darin nicht wiedererkennen".

„Wie aber, könnten wir das Söhnchen mitnehmen auf die letzte Reise, ein Geist kann nicht sterben!"

„Nein, du sagst es, er wird weiter herumspuken und wir auch", brummte Günter", erhob und reckte sich entschlossen. „Auf mich wartet noch eine Aufgabe, sieh nur dort unten."

„Oh je, was mag dort nur wieder geschehen sein?"
Große Aufregung, Gejammer und Wehklagen erwarteten uns. Der Dorfplatz hatte sich schon frühmorgens gefüllt.

„Wehe uns, nicht genug, dass unser Wild weggefangen wird. Dass die verdammten Fallensteller das Kleingetier, Hasen und Rebhühner für sich beanspruchen. So muss auch noch dieses kleine Monster den Rest zu unserem Verderben beitragen!" zeterten sie wild durch einander.

„Was ist denn nun noch schreckliches geschehen?"
Die Kälber und Ziegen sind alle hinüber - sind misshandelt worden", antwortete Jonny für sie. Wir haben sie von ihren Qualen erlösen müssen. Jemand hat ihnen die Augen ausgestochen!"

„Und dieser Jemand - ist die junge Herrin", flüsterten die Bewohner hinter vorgehaltener Hand.

„Ja die junge Herrin, die Brut des noch immer heimlich verehrten Gottes, dem Justin", fügte Jonny erklärend hinzu.

„Wen meint ihr mit der jungen Herrin?" rief Günter zerstreut dazwischen - der die letzten Worte von Jonny in dem Getöse nicht verstanden hatte.

„Soll das etwa heißen, sie verdächtigen die Gräfin, solche Gräueltaten begangen zu haben", polterte Günter verständnislos.

„Nein - oh nein, doch nicht die Gräfin!" beeilte sich Jonny richtig zu stellen. Der blutrünstige Tyrann in Kindergestallt hat sein Unwesen getrieben."

„Aber das ist ja absurd. Ist sie denn nicht noch zu klein? Ich meine wie kann ein solch zartes Püppchen, solcher Gräueltaten fähig sein. Wie alt ist sie denn?"

„Noch keine fünf Sommer, aber sie ist böse und hinterhältig", erhob sich die Stimme der Schwester, der verstorbenen Amme, welche die Kleine über alle Maßen verhätschelt und zu nachlässig aufgezogen hatte.

Die kleine Halbweise, hatte die vermeintliche Mutter, sterben sehen und deren Schwester für ihr Ableben verantwortlich gemacht. Ihr Hass auf die Tanten und die ganze Sippe war grenzenlos, sie tobte und wütete Tagelang. Konnte sich nicht beruhigen

Hatte sie vor einem Sommer noch alle entzückt, so begannen sie jetzt, insbesondere die Kinder zu fürchten. Längst war sie sich der Macht über die Anderen bewusst. Hatte es ihr bisher genügt, stets ihren Willen durchzusetzen - so war es ihr indessen ein besonderer Kick, ihre Macht über Andere auszukosten. Zuerst empfand sie wohliges Grauen dabei, ihre vermeintlichen Vettern und Basen, sowie die Haustiere zu quälen. Doch schon bald war es nur noch ein wohliger Lustgenuss, ein erhabenes Gefühl. Schon lange hatte sie heimlich ihre Spielgefährten drangsaliert.

„Ich hasse euch alle hier. Ihr werdet es büßen", kreischte sie hysterisch, ehe sie den Hort ihrer Kindheit für immer verließ. Doch sie vergaß nichts und sann auf Rache.

Als sie später von Justin erfuhr, dass sie keineswegs eine Tochter aus dem niederen Volk war und von keiner irdischen Mutter geboren, sondern als Samenkorn von den Göttern gesandt und somit zu etwas Höherem berufen, schämte sie sich der Zeit unter ihnen und begann die Sippe in deren Mitte sie die ersten Jahre verbracht hatte, zu verachten. Mehr als diese banale Erklärung, konnte Justin ihr nicht verständlich machen und preisgeben. Wie sollte er auch die wahren Begebenheiten einer künstlichen Befruchtung, die in einem Reagenzglas begann, einem Kind erklären… Somit hatte er etwas losgetreten, das ihren Hass auf das niedere Bauernvolk schürte. So dass sie sich von allen Bewohnern lossagte und mit Verachtung auf sie herabblickte und sich mehr als erhabene Göttin sah.

Justin jedoch, der ihre Verwandlung erkannte und sie zunächst mit Sorge registrierte, ließ seinen kleinen Liebling gewähren. Er war nicht imstande, ihr Einhalt zu gebieten. Meine kleine Wilde, so soll sie sich nur austoben. Er hatte anderes zu tun, als sein Schätzchen zu zähmen.
Wenngleich es nie in seinem Sinne war, jedweden Erlass und Repressalien über sein Volk zu verhängen.
Viel mehr strebte er nach einer Basis auf Gerechtigkeit und Vertrauen. Gleichwohl war er gewiss kein Heiliger, denn seine Feinde bekämpfte er skrupellos mit List und Tücke.
Dennoch verabscheute er Gewalt und hatte stets ein offenes Ohr für die Kümmernisse seiner Untertanen.
Die ihn noch immer verehrten, auch wenn er seine Macht längst eingebüßt hatte.
Wir begegneten uns fast täglich, Justin und ich und beredeten einen Plan aus dieser ausweglosen Misere.
Doch keiner kam zunächst auf die Idee, den wahren Grund der Verheerung zu stoppen.
Die schädliche Atmosphäre verströmte weiterhin ihr schändliches, teuflisches Gift, welches allerdings verpuffte und sich in weiteren Fernen allmählich verlor.

Doch immer mehr des neuen Gemisches strömt nach, so dass man die Kinder, die eben noch als tollpatschige Hüpfer herumtobten, schon Jahre später als Teenager erlebte.

Kapitel 16: Der Sündenbock

Günter war in seiner Arbeit völlig eingebunden. Sein Ruhm als Wunderheiler, reichte inzwischen bis in die abgelegendsten Gebiete. Oft sah ich ihn erst am späten Abend, während Justin hingegen allgegenwärtig, im Lager anzutreffen war.

Kaum erschien er zwischen den Hütten, wurde er schon von den Eingeborenen umringt.

Wir benötigten ein verborgenes Plätzchen, um uns gelegentlich ungestört auszutauschen.

Doch dieses Mal kam er nicht allein.

Mir stockte der Atem, als ich die kleine Brut des Justin, dieses Mal als atemberaubende, wilde Schönheit neben ihm gehen sah.

Einem Impuls folgend, wollte ich ihr in Freundschaft entgegentreten - sie liebevoll umarmen. Doch ihr verachtungsvoller, feindlicher Blick ließ mich erstarren.

„Ja da staunst du, mein Mädchen hat sich gemausert", schmunzelte der stolze Vater.

Eine frühreife Lolita bot sich meinen Blicken. Ihre blonde Mähne, wild und ungebändigt, kringelte sich wüst über die Schultern, Arme und Hüften. Verhüllte spärlich die kindlichen Knospen der sprießenden Brüste. Ergoss sich weiter über Bauch und Po bis auf die Schenkel. Kaum, dass es die Scham verdeckte. Wo sich nur ein winziger Tanga abzeichnete.

„Warum lässt du sie so schamlos herumlaufen?" Erregte
ich mich fassungslos.
„Ach sie hört nicht auf mich. Sie macht nur was sie will."
„Wer ist das? Und was erlaubt die sich - über mich zu
richten. Sie soll verschwinden", zischte sie erbost, stapfte
mit dem Fuß auf und strafte mich mit einem
vernichtenden Blick.
„Ho - ho, mein Fräulein, du solltest sie mögen. Sie ist
meine einzige Vertraute, seit deine Amme nicht mehr
unter uns weilt. Sie ist auch die Einzige, die dir gleicht, also
deines Geblütes, aus dem Göttergeschlecht. Sie - solltest
du achten!" Belehrte er sie, mit einem spöttischen
Augenzwinkern auf mich.

„Ba - glaubst du ich habe sie noch nicht gesehen? Ich weis mehr als du denkst. Warum aber thront sie mit dem mächtigen, stattlichen Stammesfürsten in dem großen Herrenhaus und wir in einer armseligen Hütte im Wald?"
„Nun übertreib mal nicht so maßlos, auch unser Haus ist wohnlich und behaglich gegenüber den Strohhütten des Volkes. Dir fehlt es an nichts!"
Doch sie hörte nicht zu, ignorierte mich und fuhr fort zu nörgeln. „Selbst, wenn sie die Göttin der Erde oder der Morgenröte, also die Verbindung zu den Menschen ist.
So kann sie nicht mehr, als eine Götterbotin sein, denn zur Hauptgöttin habe ich mich selbst erhoben!"
„Ach was du nicht sagst", erwiderte der Papa belustigt.
„Im Gegensatz zu dir ist sie gebildet, gütig, erhaben - ohne Staralüren, geduldig und bescheiden. Wie es einer Göttin gebührt. Welches allerdings keine deiner Eigenschafften sind... Du hingegen bist einer Göttin nicht würdig!"
„Ba – wozu brauche ich Güte und Geduld. Ich habe gesehen, was ihr zusammen getrieben habt", plapperte sie unbeeindruckt weiter, „sie ist nichts weiter als eine Hure!"
Ich schnappte nach Luft. Hatte ich das wirklich gehört?
So ein verwerfliches, frühreifes Luder!
Meinem ersten Impuls folgend, wollte ich in das freche Gesicht schlagen, unterdrückte meinen Zorn jedoch wiederwillig. Ich hatte genug gehört und war nicht willens mir noch mehr von dieser verzogenen Göre anzuhören.
Doch es wühlte mich auf. Gab mir zu denken.
Sie wusste alles, konnte mir sehr gefährlich werden.

Ich wendete mich ab. Doch ich hörte sie noch weiter plappern.

Kapitel 17: Tanz auf dem Vulkan

Eine schwüle Hitze lag erdrückend über dem Land.
Obwohl die Sonne längst hinter den Tannen verschwunden
war, sank die Temperatur kaum ab. Ich hatte meine
schweißtreibende Arbeit auf den kühlen Abend verlegt.
Doch der Abend brachte keine Erfrischung. Ich hockte
schwitzend vor dem Haus, über einen hölzernen Zuber
gebeugt und rührte aus vielen verschiedenen Zutaten
Seifenlauge für die anstehende Wäsche zusammen.
Ich rührte unermüdlich die zähe Masse, bis die ersten
Blasen aufsteigen würden.
Die Welt schien unter einer Hitzeglocke stillzustehen - hielt
den Atem an. Als eine ohrenbetäubende Musik aus dem
Nichts erklang. Musik wie aus vielen Lautsprechern ließ
mich innehalten und aufhorchen. In einer Zeit, in der keine
anderen Töne, in der geräuscharmen Welt ohne Autolärm,
außer dem Muhen von Kühen, Kindergeplärre und
gelegentlichem Gebell der Wildhunde zu hören war.
Verwirrt wischte ich mir über die Stirn. Ich ließ alles stehen
und liegen und eilte der ungewohnten Lärmquelle – dem
Schauplatz entgegen. Was ich dort sah, ließ mich ungläubig
staunen.
Ein unsägliches Gefühl von Freude breitete sich in mir aus,
ließ mein Herz pochen, mein Blut wallen - kribbeln bis in
die Fingerspitzen. Das war keine Sinnestäuschung, ich sah
es ganz deutlich: Eine Freilichtbühne auf der eine bekannte

Band ihr Konzert gab. Eine Darbietung direkt unter dem mystischen Höhlentor. Dort benötigten sie keine Verstärker. Keinen sonstigen Firlefanz, nur all die üblichen Instrumente der achtziger und neunziger Jahre.

Der Klang wurde von den Felsen zurückgegeben und verstärkte die Wirkung. Dazu die Kulisse unter der schwarzen, gespenstischen Höhle, war eindrucksvoll genug. Plötzlich war ich von unzähligen Schaulustigen umgeben. Ich drängte mich durch die Massen. Hinter mir wölbte sich riesig die gläserne Kuppel des Einkaufscenters. Unser Haus, die geliebte verträumte, schmucke Villa gab es nicht mehr. Sie hatte dem neuzeitlichen Center weichen müssen.

Urplötzlich befand ich mich in einer anderen Zeit, ich vermutete, das Jahr 2040. Aber dieses Zeitfenster war ja auch nicht unsere Zeit. Unsere glücklichste Zeit lag 150 Jahre zurück.

Meine Aufmerksamkeit richtete sich wieder auf das Spektakel vor mir. Oh ja, ich kannte diese Band - wie heißt sie nur? Ach was soll's, egal, es ist unwichtig. Ich muss die einmalige Gunst der Stunde genießen. Doch was mache ich? Ich stiere wie ein hypnotisiertes Kaninchen auf das offene Höhlentor und weiß doch, dass es verschlossen sein wird, ehe ich es erreiche.

Mein Blick wanderte weiter. Stand dort nicht Wolfgang in der Menge, Wolfgang mein Ziehsohn und später mein flüchtiger Gatte einer winzigen Zeitspanne.

Konnte es sein, dass er mich noch immer zwischen den

vielen Jahrhunderten suchte? Doch da suchte er mich vergebens, ich war versunken in der Tiefe der Zeit.

Er hatte mich entdeckt und versuchte, von dem Gedränge behindert, mich zu erreichen. Er stieß und schubste, um sich einen Weg zu bahnen. Doch er kam nur mühsam voran. Ich bebte vor Ungeduld und streckte ihm verzweifelt meine Hände entgegen.

Oh Wolfgang eil dich, nimm meine Hand, halt mich fest. Ich will mit dir gehen in die Zukunft, nur fort aus dieser alten Zeit.

Dieser Moment musste gelingen. Er war meine einzige Chance, mich zu befreien, bevor ich wieder in der alten Zeit versinke. Nur noch wenige Meter trennten uns.

Keine drei Minuten später und der ganze Zauber verschwand - löste sich auf. Die Musik war verklungen, eine gespenstische Stille umgab mich. Ich war allein und starrte auf das verschlossene zugemauerte Höhlentor.

Waren das die Engel unter dem Himmel, oder der Freudengesang der Teufel aus der Hölle.

Aufgewühlt mit zitternden Knien, machte ich mich, tief in Gedanken versunken auf den Heimweg. Ich spürte das ich nicht allen war. Als ich aufblickte, sah ich eine bewegungslose Gestalt in der Abenddämmerung.

Günter stand einsam an einen Baum gelehnt.
Wie konnte ich ihn nur eine Sekunde vergessen?
Hatten wir uns nicht geschworen, jeden Weg und besonders unseren letzten Gang gemeinsam zu gehen, bis

ans Ende der Zeit - wenn unsere Ewigkeit endet.
Ich begann zu laufen, wollte mich in seine Arme stürzen,
doch er breitete nicht wie sonst immer, seine Arme für
mich aus. Mit einem undeutbaren Blick, vor dem ich
erschauerte, sah er auf mich herab.
Dann ergriff er meine Hand und murmelte.
„Oh Liebste, ich dachte ich hätte dich verloren".

Wir hätten damals den großen Ansturm der Untoten
abwarten sollen und so schnell wie möglich, den künstlich
geschaffenen Ausgang, das Fenster im Felsen wieder
verschließen müssen. So hätten wir viel Unheil vermeiden
können, doch in unserer Verwirrung, fehlte uns diese
simple Einsicht.

Gedankenverloren schlenderte ich durch die Heide, mein Korb füllte sich mit köstlichen Pilzen. Als sich vor mir eine liebevoll errichtete Hütte präsentierte. Eine Hütte, verspielt wie eine Puppenstube mit Dachpappe gedeckt. Von duftendem Geißblatt berankt - die ich vorher nie gesehen hatte. Eine muntere Hühnerschar und zwei fette Ziegen gehörten offenbar zu der Behausung.

Zögernd, doch neugierig stapfte ich näher und vernahm eindeutige Geräusche aus dem Hausinneren.

Ich besann mich der Begebenheit vor wenigen Monaten. Aufgeschreckt und alarmiert, verharrte ich vor der Tür, um einen Blick hinein zu werfen. Was ich dort sah, ließ mir den Atem stocken.

Sie - war es, in verfänglicher Situation, mit einem Kerl in inniger Umarmung. Doch dieser Kerl war nicht irgendein Jüngling. Es war - mein Liebster, der im Heu mit ihr lag. Ich sah es ganz deutlich. Ich glaubte mein Herz müsste aufhören zu schlagen. Ein tierischer Laut entrang sich meiner Kehle. Entsetzt hielt ich die Hand vor den Mund und rannte blindlings davon.

So sieht also deine große Liebe zu mir aus!

Na warte Bürschchen, nun habe ich euch in flagranti ertappt. Du kannst es nicht mehr leugnen.

Doch es ist geschehen, was nicht aufzuhalten war, was geschehen musste. Selbst wenn es nur wieder ein trügerischer, kurzer Zeitsprung war, ein Blick in die Zukunft, so war es erschreckend und durchaus von Belang. Alles zeichnete sich immer deutlicher ab. 100 Jahre

konnten 100 Tage sein. Bis jetzt waren es nur Momente.
Alles läuft nicht mehr nach der Reihenfolge ab, sondern
gerät durcheinander, als gäbe es keinen Anfang und kein
Ende. Dennoch ist es nicht aufzuhalten, es kommt wie es
bestimmt ist. Doch wenn sie mich erneut tötet, hat sie
mich dann zweimal mit der Lanze aufgespießt?

Grübelnd erreichte ich das Camp.
Dort herrschte freudige Willkommensstimmung.
Die Männer, so auch mein Günter und Jonny, waren
erfolgreich von der Jagd heimgekehrt. So wusste ich, dass
mein Liebster noch unschuldig des Ehebruches war, doch
ich fand keine Ruhe mehr und beobachtete ihn
misstrauisch.
Die ständigen Querelen und Kümmernisse unserer
Schutzbefohlen, sowie die aufständischen, unbelehrbaren
Störer des Friedens, die uns täglich erwarteten, rückten
unsere eigenen Sorgen in den Hintergrund und schweißten
uns umso fester wieder zusammen.

Neun Jahre schon lebten wir in der falschen Zeit.
Nicht mitgerechnet die Jahre der vielen Irrwege die hinter
uns lagen. Nur von dem einzigen Wunsch getrieben,
endlich wieder in unser altes Leben einzutauchen.
Günters Haare färbten sich Silbern, doch das änderte
nichts an seiner imposanten Erscheinung. Für mich war
und blieb er der begehrenswerteste Mann auf Gottes
Erdboden. Doch wir hatten uns längst entschlossen zu
gehen, unser Entschluss, endgültig aus diesem Leben zu

scheiden, stand fest. Nur der Zeitpunkt war noch offen.
Um uns nicht total in den Zeitwirren zu verheddern,
benutzten wir jedes Jahr den selben Kalender.
So hatte jede Woche wie gewohnt, 7 Tage.
Jeder 7 Tag war für mich ausgefüllt mit unaufschiebbaren
Gängen. Ich hatte mir zur Aufgabe gemacht, den Kontakt
mit den Bewohnern zu pflegen. Zu meinen Aufgaben
zählte, die Dorfbevölkerung mit frischen Nahrungsmittel
der Jahreszeit zu versorgen. Unteranderem waren meine
selbstgezogenen Bohnen und Kartoffeln sehr begehrt und
wurden schon mit freudiger Ungeduld, sehnsüchtig
erwartet.
So machten wir uns mit gefüllten Körben auf den Weg zu
den Hütten. Jonny, der mich stets begleitete, balancierte
eine selbst gezimmerte Karre mit zwei Rädern.
„Warum hat sie nur zwei Räder?" fragte ich naiv.
„Ihr glaubt gar nicht wie schwierig es ist, halbwegs runde
Räder herzustellen, wenn man kein passendes Material,
keine Schrauben, nur ein paar rostige Nägel zur Verfügung
hat!" rechtfertigte er sich beleidigt.
Mit knarrend, quietschender Begleitmusik, näherten wir
uns den Behausungen.
Plötzlich war ich allein und lief auf einer gepflasterten
Straße, zwischen Häuserreihen, aus Backsteinen und
Ziegeldächern gebaut. Über einem Gartenzaun, glänzte
eine goldfarbene Laube in der Sonne. Neben der Laube
stand Hermann mein Freund und winkte mir freudig,
kopfnickend zu. Wenn es den Hermann hier und jetzt gibt,

so ist es in diesem Moment 18. Hundert, und auch das Zeitentor ist unversehrt und offen, dachte ich in einem jähen Geistesblitz.

Anstatt ihn überschwänglich zu begrüßen, rannte ich überstürzt los, dem Berg entgegen, doch schon nach wenigen Schritten, verließ mich der Mut. Selbst wenn es mir dieses Mal gelingen würde, was sollte ich dort allein, ohne meinen Liebsten?

Eine bekannte Stimme schreckte mich aus meinen Überlegungen. War das nicht Wolfgang, der unvermutet vor mir stand und mir den Weg versperrte? Wolfgang mein Ziehsohn, den ich tot glaubte. Erstaunt und ungläubig starren wir uns an, bis sich ein breites Grinsen auf seinem Gesicht ausbreitete.

„Carla du lebst?"

„Oh - Wolfgang du lebst?" stammelten wir fast gleichzeitig und fielen uns beglückt in die Arme.

„Aber Frau Gräfin, womit habe ich diesen Gefühlsausbruch verdient, aber – aber. Was sollen die Leute von uns denken", ermahnte mich Jonny belustigt und löste sich verlegen räuspernd aus meinen Armen.

Erschrocken schaute ich mich um, die stattlichen Häuser waren verschwunden, die Straße, ein holpriger Weg.

Die Karre war umgekippt, die Waren ergossen sich zu unseren Füßen. Die Bewohner waren aus den Hütten getreten und schüttelten sich vor Lachen.

Doch das köstliche Glücksgefühl, Hermann und Wolfgang

getroffen zu haben, hielt an und beseelte mich den ganzen Tag.

Mein Gott, ich habe Wolfgang und Hermann gesehen, vor wenigen Minuten erst…

Wolfgang war mir zum Greifen nahe und Hermann wartet wie immer auf mich - wohl alle Zeit - jubelte es in mir.

Jetzt weis ich genau, wo einst in etwa 3000 Jahren sein Haus stehen wird. Auch den genauen Platz unseres Grundstückes hatte Günter längst ausgemacht.

In deren Mitte hat er eine reizende Gartenlaube aus Holz mit großen Fenstern und Tür, eine Nachbildung unseres Gartenhäuschens um Ende 18 Hundert gezaubert.

Da herum pflanzte und säte ich unermüdlich, wie einst zu Hause, nur so unendlich lange vor unserer Zeit.

Welch ein unsägliches Gefühl. Welche erdrückende Last, dieses entsetzliche Wissen und dennoch ein winziges Stück unseres Lebens zum Träumen zu haben.

Wenn wir bei Regen oder abends, traut in der Laube saßen, mit dem gleichen vertrauten Blick zum Berge - die Sonne hinter dem Gipfel versinken sahen, gab es für uns Momente, der Illusion, zu Hause zu sein.

Das Söhnchen war selbstverständlich immer dabei.

Doch immer öfter fanden wir das Häuschen besetzt vor. Irgendwelche Untoten oder gar eine ganze Horde Heimatloser, die sich dort eingenistet hatten.

Die Vorzüge die es hat, nicht achtend, denn sie kannten ja nicht den Gebrauch des Anbaus, mit dem Herzen in der Tür. Sie wussten nicht den emotionalen Wert zu schätzen, den es für uns besaß.

Kapitel 18: Die verlorene Zeit

22 Jahre waren vergangen.
Zwanzig vertane Jahre des Herumirrens in der falschen
Zeit.
Neun Jahre davon waren wir allein auf der Suche nach dem
Anderen.
Noch immer peinigten mich grausige Alpträume, von
meinem Liebsten getrennt zu sein, Neun trostlose Jahre,
die mich Demut und Bescheidenheit gelehrt hatten.
Noch immer erwachte ich schweißgebadet, nicht selten
mit feuchten Wangen.
Meine Hand tastete sich suchend auf das Kissen neben mir
und fühlte sein warmes, liebes Gesicht.
Etwas in mir drohte zu zerspringen vor Seligkeit, doch auch
der Vorstellung, noch einmal die fürchterlichen Jahre der
Trennung durchleben zu müssen.
Trunken vor übersprudelnden Gefühlen, spürte ich das
Blut im Kopf rauschen und konnte mein Glück kaum
fassen.
Doch das Glück ist trügerisch, kann wie eine Seifenblase
zerplatzen, sinnierte ich und kehrte in die Gegenwart
zurück.

Er begann sich zu regen, öffnete die Augen.
Sein Blick voller Liebe, traf mich ins Herz. Sein Arm
umfasste mich zärtlich.
„Alle ist gut, wenn du nur bei mir bist, murmelte er

schlaftrunken, gebe Gott, dass ich immer neben dir erwache."

Günter mein Liebster - ein Grafensohn. Doch er lungerte nicht im Schloss seiner Vorväter und frönte dem süßen Leben des Müßiggangs - protziger Allüren.
Er hatte es stets vorgezogen, seinen Unterhalt, rechtschaffen und bescheiden mit ehrlicher Arbeit, als geachteter Landarzt zu bestreiten.
Wie glücklich waren wir, als er mir stolz unsere erste Kutsche präsentierte. Doch das war in einer anderen Welt – ein anderes Leben.

Unser Vorhaben, diesem Leben zu entfliehen, war allgegenwärtig, es gab nur noch diesen einen Weg für uns!
„Was glaubst du, kann es uns nach unserem Tode in der Zukunft noch geben? Uns und alle unsere Nachkommen können dann doch gar nicht sein!"
„So ein Quatsch, natürlich werden wir im 20.Jahrhundert neugeboren, was hat die Zukunft mit unserem Eintauchen in diese alte Zeit zu tun. Du bist doch nicht deine eigene Ahne und der Nachkommen gibt es nur noch das Söhnchen. Alle anderen sind längst verblichen", widersprach Günter.
„Ach welch ein Trost in 3000 Jahren wieder geboren zu werden", bemerkte ich, verzagt.
„Doch noch müssen wir alle Widrigkeiten ertragen, nicht zuletzt die unwürdigen Umstände im Zusammenleben mit dem Söhnchen. Welch unglaublich, bedrückende

Erkenntnis, dass er kaum mehr als ein Wunschbild ist".
„Wenngleich er lebt, Freude und Trauer empfinden, lachen und sprechen kann, so ist er doch nicht nur der Fantasie vorgaukelt, denn ein jeder kann ihn sehen!"
Wenn mich auch das Gefühl nicht trügt, ihn von Jahr zu Jahr mehr verblassen und gelegentlich, durchscheinend zu sehen".
„Auch wurde sein Stimmchen immer schwächer, bis es eines Tages gänzlich verstummten würde, so saß er doch selig zwischen uns, ohne Platz zu beanspruchen."
„Ja du sagst es, das ist ein unerklärliches Phänomen, welches mich quält und erschauern lässt!" stimmte Günter mir nachdenklich zu.
„Doch bevor wir endgültig dem Leben hier entsagen, sollten wir Zeugnis geben über unsere tatsächliche Anwesenheit hier, ein kleines Zeichen setzen!"
„Ja – du sprichst es aus, was mir so lange schon im Kopf herumschwirrt. So werde ich ein Schmuckstück hinterlassen, mein Ohrgehänge mit dem blauen Diamanten, das unvergänglich ist."
„Wir werden es unter der Laube, worüber einst unser Haus erstehen wird, deponieren und später, viel später in der fernen Zukunft, danach graben."
Das andere Ohrgehänge, hatte ich bereits in der Behausung, der Hünenburg in Watenstedt, im späteren Niedersachsen, zwischen Helmstedt, Wolfenbüttel, Braunschweig und Dedeleben, den berühmten Ausgrabungsstätten einst wohl 1000 Jahre vor Christi

verloren. Was ich bisher verschwiegen hatte…

Was dort bei sorgfältigen Grabungen auf Geheimnisse der Bronzezeit, sicher für große Verwirrung und Aufregung sorgen würde, so es denn gefunden wurde!

Oh - welch ein großer Moment, könnte ich selber - Es - 3000 Jahre später mit einem wissenden Schmunzeln, in Augenschein nehmen.

In Gedenken der wilden Episoden, die wir dort einstmals erlebten, ließ ich noch einmal im Geist die Zeit zum Leben erwachen.

„Du grinst so tiefsinnig, wie ein Honigkuchenpferd, was gibt es so erbauliches?"

„Ach Liebster, es gibt noch einen anderen Zeitzeugen aus tiefster Vergangenheit", schmunzelte ich und berichtete nun von dem Verbleib des solange schon vermissten Schmuckstückes.

Worauf er mich wortlos, kopfschüttelnd in seine Arme zog.

Kapitel 19: Packt mit dem Tod

Wer vermag es nachzufühlen, wem ist die Zeit so rapide entflohen, wenn nicht uns.

Ja die Zeit allein ist der Sinn und die Erfüllung unseres Daseins. Wenn aber die Zeit nicht in der gewohnten Reihenfolge abläuft, sondern durcheinandergerät, ist der Sinn des Lebens fragwürdig geworden.

So gelangten wir zu der Erkenntnis, Zeit ist alles, sie ist unser Leben.

Früher hätte ich gesagt: "Ach Gott - Zeit ist relativ. Nicht die Zeit allein ist es die uns krank und gebrechlich werden lässt. Wir selbst formen und prägen unsere Zukunft, das Alter und unser Wohlergehen, durch eine überlegte und gesunde Lebensweise".

Doch angesichts der gegenwärtigen Umstände, dem chaotischen Wirrwarr der durcheinander geratenen Zeiten, die wie ein schändlicher Bazillus gestern, heute und morgen vermischten, hatte das Dasein seinen Ansporn, Sinn, Zweck und Streben für später verloren.

Jedoch bevor hinter uns der Vorhang fällt und unsere Inszenierung zu Ende ist, werden wir noch eine Volksversammlung zum Anlass einer Wahl des neuen Stammesoberhauptes, einberufen.

Hinsichtlich der Tatsache, dass man uns für Götter hält, deren Macht jedoch erloschen ist, denn die historischen Geschehnisse laufen auf der Schaubühne, welche selbst zu betreten und im Spiel mitzumischen, uns nicht mehr gelingen will.

Denn wir wollen und können keine Götter mehr sein.

Fortan wird ein anderer die Last des Stammesführers übernehmen. Doch Justin wird es gewiss nicht sein, dafür werden wir noch Sorge tragen.

So ist unsere Zeit, die Bühne zu verlassen nun gekommen unsere letzte Handlung, der Handel mit dem Tod.

Die letzte Nacht, der letzte Morgen in seinem Arm.

Seine Art mich anzusehen, traf mich noch immer erschauernd, beschleunigte meinen Puls, schweißte mich an ihn und ließ uns zu einer unbesiegbaren Einheit erwachsen.

Uns kann auf die Dauer nichts trennen, war immer unser Slogan. Auch dieser unfassbare Horror, dieses nie erahnte Phänomen, zerstört uns nicht, fesselt uns nur zusammen. Ja wir werden zusammen untergehen und wieder neu erstehen, später – viel später, unsere Ewigkeit wird fortdauern.

Heute ist es soweit...

Für unseren letzten Tag hatten wir einen flachen Felsen, nicht weit von dem Gipfel entfernt, ausgewählt.

So würde unsere sterblichen Überreste niemand finden und wir konnten getrost den Weg in die Ewigkeit gehen.

Ein nie gekanntes Gefühl der Endgültigkeit und ein Rauschen im Kopf, begleitete uns während des mühseligen

Aufstiegs. Doch was wird aus unserem Söhnchen? Ist es möglich, dass es uns in die Ewigkeit folgt? dachte ich beklommen.

Wir hatten keuchend unser Ziel erreicht und betteten uns unter dem weiten Himmelszelt zu unserer letzten Ruhe. Wüste Wolken türmten sich über uns, gefolgt von Blitz und Donnergrollen - Gott zürnt uns!

Mit zitternden Fingern, riss er die Tüte mit den winzigen, tödlichen Kapseln auf.
„Hast du es dir gut überlegt, Liebste: Willst du mit mir den letzten endgültigen Schritt gehen - aus dem Leben scheiden - hier und heute?" murmelte er, mit bebender Stimme.
„Ja ich will, denn ich weis, wir werden eines Tages wieder auferstehen, wenn unsere Zeit gekommen ist", hauchte ich tapfer, doch ich konnte meine Tränen nicht zurückhalten, es ist schwer, so unbegreiflich, nicht mehr zu sein.
„Ja - ich will", wiederholte ich, tapfer meine Worte.
Doch viel lieber wäre ich mit dir zu den Sternen geflogen, dachte ich.
„Ja" – bekräftigte ich ein letztes Mal.
„Aber unsere Zeit liegt 3000 Jahre entfernt, wirst du mich nach so langer Zeit noch lieben?"
„Meine Liebe wird immer andauern und nie vergehen!" murmelte er.

„So werden wir denn aus dem Leben scheiden", waren seine letzten Worte, als er mir die kleine Kapsel entgegenhielt. Während er selbst seine Kapsel zum Munde führte, ruhte sein Blick voller Liebe auf mir.
Doch ich sah auch die Seelenqual - das Leid der ganzen Welt in seinen Augen. Ich öffnete die Lippen, schluckte und schloss die Augen, bereit für unseren langen einsamen Weg der Seelen - Körperlos schwebend in die Unendlichkeit.

© 2018 Charlotte Camp
Herstellung und Verlag: BoD - Books on Demand, Norderstedt.
ISBN: 978-3-7519-7864-4